藤野仁三

漢詩紀行

おりふしの風景

八朔社

カバーデザイン＝徳宮　峻

カバー篆刻印＝著者刻「桃《もも》の夭夭《ようよう》たる　蕡《ふん》たる其《そ》の実《み》
之《こ》の子《こ》于《こ》に帰《とつ》ぐ　其《そ》の家室《かしつ》に宜《よろ》しからん」（「詩
経桃夭」の一節）

各章タイトル＝著者書

はじめに

漢詩が日本に到来したのは四～五世紀頃と考えられている。飛鳥時代後半には日本でもすでに漢詩が作られ、平安時代までに三千を超える漢詩が作られたという（小島憲之編『王朝漢詩選』岩波文庫）。以来、漢詩は、日本人の心情を表す詩歌の形式として受け継がれ、江戸時代には優れた漢詩が多数詠まれている。本書でその幾つかを紹介した。

太平洋戦争後、外国語としての漢文の役割は英語に代替され、若い世代が漢詩に触れる機会はかつてと比べ格段に減少している。それは現代中国でも同様だという。しかし、日本での漢詩への関心が無くなった訳ではない。むしろ「漢詩ブームは今も静かにつづいている」という（林田愼之助『漢詩のこころ　日本名作選』講談社現代新書）。そのブームにあやかった訳ではないが、本書は、これまで著者が自作した漢詩と先人の名詩を紹介するものである。

自作詩の多くは仕事や旅行の出先での風景や体験を詠んだものである。いくつかは自分の来し方や社会の不条理を詠んでいる。そのときの心情や思い出などをつづったエッセイを自作詩に添えた。また、作詩のモデルとなった先人の漢詩や同じ風景を詠んだ名詩も引用した。引用詩の表記は読みやすさを考え、旧漢字のものは常用漢字に変えている。

本書の構成を紹介すると、第一章では著者のふるさとの山河を中心に詠んだ漢詩を掲載した。特に、日本百景の一つ「猊鼻渓」の四季を詠んだ自作詩と先人の作品を取り上げた。第二章では、各地の神社や古寺の景観を、著者の心象とともに詠んだ漢詩を掲載した。第三章は、著者の身近にある東京の点景を詠み、その地の歴史に思いを馳せた漢詩を掲載した。第四章では歳事とそれにまつわる感慨を詠んだ。

第五章では、中国、韓国、台湾などの異国の風景をテーマにした漢詩を掲載した。中国では同じ風景を詠んだ漢詩が山ほどある。その中からお気に入りの名詩を引用して自作漢詩にお付き合いいただいた。第六章では、社会の不条理を詠んだ漢詩を、杜甫の悲哀を共有したつもりで紹介した。第七章では思い出の人々との出会いと人生の感慨を詠んだ。

孔子は論語で「これを知る者はこれを好む者に如かず。これを好む者はこれを楽しむ者に如かず」という。わたしは漢詩が好きだが専門家ではない。漢詩好きが昂じて、自ら漢詩作りを楽しんでいる。素人による漢詩文集ではあるが、論語的には許容されるのではないかと思っている。

著者記す

壬寅（令和四年）季秋

目次

第一章

山茶水明

1　早春の岩手山

岩手県に生まれ育ったわたしにとって、岩手山は故郷を代表する山である。早春の雪形が鷲に似ていることから鷲山とも呼ばれ、山麓に名湯が多い。その一つが網張温泉である。湯量が豊富で白濁した硫黄泉につかると疲れがとれる。湯浴み客が広間で横になり、地元言葉でおしゃべりに興じる光景は、なつかしい湯治場をほうふつとさせる。

雄大な岩手山を借景にして、温泉でのひとときを五言絶句で次のように詠んでみた。

（二〇一三春作）

岩手山

鷲山陰雪息
白扇倒正端
幾処已春色
温泉滑除寒

鷲山《しゅうざん》　陰雪《いんせつ》　息《や》み
白扇《はくせん》　倒《さかしま》に端《たん》を正《ただ》す
幾処《いくしょ》　すでに春色《しゅんしょく》
温泉《おんせん》　滑《なめ》らかに寒《かん》を除《のぞ》く

冬の雪もようやく止み、白扇をさかさにしたような岩手山の端正な山頂があらわれた。山腹のあちこちに春の息吹が感じられる。温泉が冬の寒さを追いやってしまったようだ。

小さい頃、冬場に家族と湯治に行くことが多かった。そのためか「湯治場」という言葉は、小さい頃の出来事をわたしに思い起こさせる。

一本桜と岩手山（小岩井農牧株式会社提供）

その一つが、花巻にある鉛温泉の旅館の三階から階段の手すりを滑りおりて叱られたことである。外は雪で遊び場もなく、湯治場は年寄りが多く退屈だったため、やんちゃな子供にとって階段の手すりは格好の遊び場だったのだろう。このちっぽけな出来事がなぜわたしの記憶に残っているのか不思議である。今になって考えてみると、落ち着きのないわたしを躾けるために、家人がそのことを繰り返し言い聞かせたため、忘れかけた記憶が呼び覚まされてきたためであろう。

もう一つの出来事は、旅館の大浴場に大人があわてて出入りし、女の人が泣き叫んでいたことである。あとでわかったのだが、幼い子供が浴場の深みにはまり溺れ死んだのであった。昔の温泉宿の浴場は薄暗く、しかも浴槽も深かったので、幼い子供にとっては安全な場所ではなかったのであろう。この悲しい出来事の記憶も「湯治場」という言葉で蘇ってくる。

わたしの漢詩の第二句の「白扇倒」は、雪を冠した岩手山が白い扇をさかさまにしたようであると形容するものだが、その表現は石川丈山《いしかわじょうざん》（一五八三〜一六七二）の七言絶句「富士山」からの借用である。

江戸時代初期を代表する漢詩人の石川丈山は富士山を次のように詠んでいる。

富士山

石川丈山（江戸初期）

仙客来遊雲外巓
神龍棲老洞中淵
雪如紈素煙如柄
白扇倒懸東海天

仙客《せんきゃく》　来《き》たりて遊《あそ》ぶ　雲外《うんがい》の巓《いただき》
神龍《しんりゅう》　棲《す》みて老《お》ゆ　洞中《どうちゅう》の淵《ふち》
雪《ゆき》は紈素《がんそ》の如《ごと》く　煙《けむり》は柄《え》の如《ごと》し
白扇《はくせん》　倒《さかしま》に懸《かか》る　東海《とうかい》の天《てん》

旅する仙人がそぞろ遊ぶ雲の中の峰。ふしぎな龍がずっと住みついた山麓の洞窟の淵。山の頂きの雪は白絹のようであり、立ち上る噴煙は扇の柄のようである。この日本の天空に、白い扇がさかさまにかかっている。

なお、わたしの「岩手山」詩は、唐代の詩人・祖詠《そえい》（六九九〜七四六）の五言絶句「終南《しゅうなん》の暮雪《ぼせつ》を望《のぞ》む」と同じ脚韻をもつ次韻詩である。祖詠は、科挙の作詩試験で出された「終南山の残雪を長安の町から望む」という詩題に対して、次のように詠んだ五言絶句を提出したといわれている。

終南望暮雪

盛唐・祖詠

終南陰嶺秀
積雪浮雲端
林表明霽色
城中増暮寒

終南《しゅうなん》　陰嶺秀《いんれいひい》で
積雪《せきせつ》　雲端《うんたん》に浮《うか》ぶ
林表《りんぴょう》　霽色《せいしょくあき》明らかに
城中《じょうちゅう》　暮寒《ぼかん》を増《ま》す

終南山《しゅうなんざん》の北峰は高くそびえ立ち、峰をおおう雪は雲のはしに浮かんでいる。林の上空には晴れた空の色が明るくはえ、長安の市街では夕べとともに寒気が増してきた。

2　磐梯山の異相　二首

表磐梯

福島県中央部に位置する磐梯山は、南側と北側では山容が全く異なる。南側から見る磐梯山は、稜線がなだらかであり、古来、会津富士と呼ばれてきた。ふもとには猪苗代湖を中心にした豊かな田園地帯が広がる。

それに対し北側から見る磐梯山は奇景である。明治期の大噴火により，山腹が大きく陥没して岩肌が露出する異形の山容となっている。

現役の頃のわたしは、夏休みになると南側の表磐梯の定宿に泊まり、温泉を楽しむのが恒例となっていた。源泉掛け流しの露天風呂につかりながら詩想を練るのは、まさに至福の時であった。

次に挙げるのがそのときに詠んだ七言絶句である。前半二句では猪苗代湖周辺と山麓に広がる田園地帯を描写し、後半二句では明治維新で逆賊の汚名を着せられた会津藩士の労

苦に想いをはせる。（二〇一七年秋作）

其一

湖頭十里黄金原
山麓無辺菜果園
誰念先人貶寒地
耐飢為子砕松根

湖頭十里《ことうじゅうり》　黄金《おうごん》の原《はら》
山麓無辺《さんろくむへん》　菜果《さいか》の園《その》
誰《だれ》か念《おも》う　先人《せんじん》の寒地《かんち》に貶《へん》せられ
飢《う》えに耐《た》え　子《こ》の為《ため》に松根《しょうこん》を砕《くだ》くを

猪苗代湖のほとりは十里もの黄金の稲穂の原である。磐梯山の山裾には野菜畑や果樹園が限りなく広がる。この豊かな田園地帯を見て、維新後に受けた会津藩士の艱難辛苦に誰が思いをめぐらすだろう。

明治維新後、会津藩は新政府から極めて冷酷な扱いを受けた。約二千四百世帯一万五千人が下北半島の荒蕪の地で生きることを強いられた。現在の青森県むつ市のあたりである。移住した人たちは、そこを「斗南藩《となみはん》」と名付け、食うや食わずの生活の中、藩校を興し、子弟を教育した。この藩校から明治・大正期に一級の人物が輩出された。残念なことに、

湖畔の稲田と表磐梯（猪苗代町商工観光課提供）

この史実はあまり知られていない。

　辛酸をなめた旧藩士の一人が秋月悌次郎《あきづきていじろう》（号、韋軒《いけん》）（一八四二〜一九〇〇）である。秋月は、藩主の松平容保が守護職として京都に上るとき、主君に従って上京し、その後、鳥羽伏見の戦いに敗れ帰郷した。また、会津若松城の落城後は斗南藩に幽閉されるという苦難を味わった人物である。秋月は、特赦により解放されると、新政府に仕え、教育者として功績を挙げた。

　秋月は君主の無念の気持ちを七言古詩「戦後《せんご》の述懐《じゅっかい》」で次のように詠む。全文十二句と長いので、ここでは最初と最後の二句を引用する。

戦後述懐

秋月韋軒（明治）

行無輿兮帰無家

行《ゆ》くに輿《こし》無《な》く　帰《かえ》るに家《いえ》無《な》し

国破孤城乱雀鴉
風淅瀝兮雲惨憺
何地置君又置親

国破《くにやぶ》れて孤城《こじょう》　雀鴉《じゃくあ》乱《みだ》る
風《かぜ》は淅瀝《せきれき》として　雲《くも》は惨憺《さんたん》
何《いず》れの地《ち》にか君《くん》を置《お》き　又親《またおや》を置《お》かん

会津戦争に敗れ、藩士とその家族たちは出て行くにも乗り物がなく、帰る家もない。会津の国は敗れ、孤立した鶴ヶ城にはただ雀鴉が乱れさわいでいるばかりである。

秋も深まり、吹く風も寂しく、雲もひどく薄暗い。何処へどうしたら主君と親とを安置できるであろうか。

桧原湖から裏磐梯を望む（裏磐梯観光協会提供）

裏磐梯

表磐梯から東の尾根を越えて裏磐梯に回ると、樹間から桧原湖を中心とした広大な湖沼群が見えてくる。さらに進むと、山麓につらなる五色沼の入口に達する。この付近は明治二十一年、水蒸気爆発で山体崩壊を起こしたところである。崩れた土砂が河川をせき止め、その結果、多くの湖沼が生まれた。当時、何百人という死者を出した大災害であった。時が経ち、今は高原の湖水地帯として多くの観光客を魅了している。（二〇一七年秋作）

其　二

宝山爆裂百余年
五沼連綿彩映天
湖上回頭看峻岳
似長鯨欲飲幽泉

宝山《ほうざん》爆裂《ばくれつ》して　百余年《ひゃくよねん》
五沼《ごぬま》連綿《れんめん》として　彩《いろどり》天《てん》に映《えい》ず
湖上《こじょう》頭《こうべ》を回《めぐ》らし　峻岳《しゅんがく》を看《み》れば
長鯨《ちょうげい》の幽泉《ゆうせん》を飲《の》まんと欲《ほっ》するに似《に》たり

民謡で宝の山と呼ばれる磐梯山。大爆発を起こしてすでに百年以上が経った。五色沼が連なり、その彩《いろどり》は天に映えている。桧原湖を船で遊覧しながら磐梯山の険しい山容を振り返って望むと、陥没した火口が大きな鯨の口に似ていて、今にも桧原湖の澄んだ水を飲み干しそうだ。

この詩では奇怪な火口を長鯨の大きな口にたとえたが、長鯨を大酒飲みのたとえにした漢詩がある。代表格が杜甫の古詩「飲中八仙の歌《いんちゅうはっせんのうた》」である。杜甫はそこで、賀知章、汝陽王、左丞相、崔宗之、蘇晋、李白、張旭、焦遂の八人の大酒飲みをユーモラスに紹介している。

二十二句の長い古詩なので、ここでは長鯨にたとえられた左丞相（李適之）に関する三句を引用する。

飲中八仙歌（部分）　　盛唐・杜甫

……………
左相日興費万銭　　左相《さしょう》は日興《にっきょう》に万銭《ばんせん》を費《ついや》し
飲如長鯨吸百川　　飲《の》むこと長鯨《ちょうげい》の百川《ひゃくせん》を吸《す》うが如《ごと》し
銜杯楽聖称避賢　　杯《はい》を銜《ふく》み　聖《せい》を楽《たの》しみ　賢《けん》を避《さ》くと称《しょう》す
……………

左丞相は日々の遊興に万銭をついやし、酒を飲むさまは巨鯨が百川の水を吸い込むのにも似る。さかずきを口にくわえながら、清酒の聖人は歓迎するが、濁酒の賢人はごめんだとうそぶく。

昔、魏の曹操が禁酒令を出した。そのときに酒好きは、清酒を「聖人」、濁り酒を「賢人」と呼び分け、ひそかに禁酒令をのがれて酒を楽しんだという。「清聖濁賢」という故事はそれを踏まえたものである。杜甫の詩は、それを詩語として取り入れている。

3　都井岬で千里の馬を想う

都井岬は宮崎県の南端にあり、野生の岬馬の生息地として知られている。牧場の歴史は古く、江戸時代に高鍋藩が設置した軍用馬の飼育牧場にさかのぼる。その後、馬は年中放牧されたまま自然繁殖にまかされてきた。現存する日本在来馬の一つで、現在、国の天然記念物に指定されている。

宮崎市で開催された学会に参加した折、都井岬まで足をのばした。宮崎市から路線バスに乗り、都井岬まで日南海岸沿いをゆっくり旅した。岬の観光ホテルで一泊し、岬の旅情を堪能した。

そのときの感慨をまとめたのが、次の七言絶句「都井岬《といみさき》」である。（二〇〇五年夏作）

都井岬

道折且廻地角斜
辺涯諸処鮮紅花
春駒疾駆丘陵上
千里奔来汗血華

都井岬の野生馬（宮崎県観光協会提供）

道《みち》折《お》れ且《か》つ廻《めぐ》り　地角《ちかく》斜《なな》めなり
辺涯《へんがい》　諸処《しょしょ》　鮮紅《せんこう》の花《はな》
春駒《しゅんく》　疾駆《しっく》す　丘陵《きゅうりょう》の上《うえ》
千里《せんり》　奔来《ほんらい》し　汗血華《かんけつはな》となる

道はつづらに折れまがり、地面は海面に斜めに傾いている。崖のところどころに真っ赤なハイビスカスが咲きほこる。春に生まれた子馬が丘陵の上を千里の馬のように疾駆し、その汗がしたたり落ちて血のような赤い花となったようだ。

中国・前漢の時代、西域を旅行した張騫《ちょうけん》（紀元前一六四〜一一四）は帰国後、武帝に大宛国（フェルガナ）に血のような汗を流し、千里を走る名馬（汗馬）があることを報告した。それを聞いた武帝は、大軍を西域に送り、多数の汗馬と三千頭を超える繁殖用馬を中国に連れ帰った。以来、中国では、汗馬は強い武力の象徴であった。

この故事を「汗馬」として読み込んだ漢詩が日本にもある。その一つが、明治初期の前原一誠《まえばらいっせい》（一八三四～一八七六）の詠んだ「題を逸す」である。

逸題

汗馬鉄衣過一春
帰来欲脱却風塵
一場残酔曲肱睡
不夢周公夢美人

前原一誠（明治）

汗馬《かんば》　鉄衣《てつい》　一春《いっしゅん》を過《わた》る
帰《かえ》り来《きた》って　風塵《ふうじん》を脱却《だっきゃく》せんと欲《ほっ》す
一場《いちじょう》の残酔《ざんすい》　肱《ひじ》を曲《ま》げて睡《ねむ》るに
周公《しゅうこう》を夢《ゆめ》みず　美人《びじん》を夢《ゆめ》む

遠く西域の大宛から来た血の汗をふく汗血馬にまたがり、身に鉄の甲冑をつけて戦場を駆け巡っているうちにわが青春は過ぎ去ってしまった。今は、一人の野人として故郷に帰り、俗世間のわずらわしさから抜け出したいと願っている。そこで一杯の酒を傾け、肘を枕に眠ってしまった。そのとき夢に見たのは、古代の理想的な政治家である周公ではなく、身近な世を変える賢者（美人）であった。

前原一誠は、長州藩出身の志士で、桂小五郎などと共に中央政府に参画したが、方針の違いから中央政府を離れ、故郷の萩に帰っていた。この詩はそのときに萩で詠まれたものだという。その後、前原は萩の乱の首謀者として逮捕され、斬首された。

4　猊鼻渓の四季　四首

春

岩手県一関市東山町にある猊鼻渓《げいびけい》は日本百景の一つである。北上川の支流の砂鉄川が石灰岩質の里山を浸食して渓谷をつくり、両岸に百メートルを超える絶壁がそびえ立つ。最近ではテレビの旅番組にもたびたび登場するようになった。岸壁に「獅子（猊）の鼻」に似た岩があることから、猊鼻渓と呼ばれている。屹立する巨岩や奇岩には四季折々の美しさがある。

岸壁にかかる藤の花が見事な春の風景を詠んだのが次の「清渓の春」である。（二〇一八年春作）

清渓之春

清渓綿五里
紫帳縣九天
日暮人喧已
惟魚有跳淵

清渓《せいけい》五里《ごり》に綿《つら》なり
紫帳《しちょう》九天《きゅうてん》に縣《か》かる
日暮《にちぼ》人《ひと》の喧《かしま》しき已《や》み
惟魚《ただうお》の淵《ふち》に跳《と》ぶ有《あ》り

澄んだ水が流れる渓谷が五里も連なり、紫の藤の花のカーテンが天空（九天）に掛かる。日暮れに人の喧噪が已むと、魚が飛び跳ねる音だけが聞こえてくる。

江戸時代の地誌に猊鼻渓の景観についての記載はなく、当時、その存在はほとんど知られていなかった。景勝地であることが知られると地元民が迷惑するため、その存在を隠したからである。

『猊鼻渓闡幽唱和集』（昭和七年十二月）はその理由を次にように記しているので、現代文にして引用する。

旧藩時代であれば、藩の書物に記載されると、多数の人夫を引き連れての探勝が行われたであろう。そうなると村民にとってこの上ない迷惑なので、村の書物には一切触れないという方針が採られ、風土記にも記載されなかった。これによって（猊鼻渓は）旧仙台藩の文書に記録されることもなく（長い間）秘境となっていたのである。

隠れた奇景を観光地として世に知らしめたのが地元の教育者・佐藤猊巌《さとうげいがん》（一八六二〜一九四二）である。猊巌は、大正・昭和初期の岩手県屈指の漢詩人として中央の結社にも名を連ね、その交流を通して猊鼻渓の紹介に努めた。

渓谷の入口に水力発電所を作る計画がもちあがると、人脈を駆使して中央政府に訴え、学者を呼んで自然保護の重要性を説いて反対運動に奔走した。その結果、発電所の建設計画は中止され、猊鼻渓は大正十四年に国の名勝地に指定されたのである。

福島県会津の漢詩人・須田古龍《すだこりゅう》は明治三十一年三月に猊鼻渓を訪れている。須田は、友人が画いた猊鼻渓の風景画を見てその奇景に感動し、実物を見ようと訪れたのである。そのときに水先案内人をつとめたのが佐藤猊巌である。

猊鼻渓を訪れた須田古龍は、その春景を次のように詠んだ。詩題は不明なため、仮置きである。

東山山水

東山山水天下秀
秀霊独鍾猊鼻岩
神跡仙蹤無人訪
白雲千載空相緘

須田古龍（明治）

東山《とうざん》の山水《さんすい》　天下《てんか》に秀《ひい》ず
秀霊《しゅうれい》　独《ひと》り猊鼻岩《げいびがん》に鍾《あつま》る
神跡《しんせき》　仙蹤《せんしょう》　人《ひと》の訪《おとず》れるなし
白雲《はくうん》　千載《せんざい》　空《むな》しく相緘《あいかん》す

東山の山水の美は天下に抜きんでている。わけても猊鼻岩の眺めはすばらしい。造化の神のなせるこの景勝の地に訪れる人は無く、千年の間、白雲に閉ざされてきた。

案内人の猊巖はこの詩に応えて、七五調からなる四句の歌謡である「今様歌」として次のように詠んでいる。

谷間を渡る鶯《うぐいす》の　鳴く声いづこふりかえり
仰げば高し断崖《だんがい》の　雲をも凌《しの》ぐかなたかも

隣村の渋民村（現、大東町渋民）は、『無刑録』（全十八巻）の作者として知られる芦東山の生誕地である。芦東山は仙台藩に仕えていたが、謹厳実直の性格が災いし、藩から謹慎を命じられた。そのときにまとめた中国の刑法の書物が『無刑録』である。

明治四十三年八月、「芦東山没後百三十五年郷祭」が猊鼻渓で開催された。当初、仙台で予定されていたが、佐藤猊巌が生誕地に近い猊鼻渓での開催に奔走し、各地から多くの文人墨客を招いて猊鼻渓を紹介した。そのときに多くの漢詩が詠まれ残されている。

猊鼻渓の春（著者撮影）

大正十一年には小説家田山花袋とその一行も訪れた。一行の目的地は平泉であったが、東北本線の一関駅に早朝に着くやいなや猊鼻渓に足をのばした。当時、駅舎に食堂もなく、駅前に乗合馬車もない。一行は腹を空かせながら徒歩でひたすら猊鼻渓に向かった。途中、一行の窮状を見かねた農作業中の夫婦が自分たちの昼飯用に残していたうどんを提供したという。素うどんの

「お接待」のおかげでようやく生気が戻り目的地にたどり着くことができた。この話は「猊鼻渓を見る」（「北浦を下る外十一篇」、『花袋紀行集』全三巻（博文館））に記されている。

夏

猊鼻渓の看板は少婦岩と壮夫岩である。夏の猊鼻渓を平成時代の旅人であるわたしは次のように詠んでみた。（二〇一四年夏作）

夫婦岩

少婦岩上湧水隆
壮夫岩下鯉魚叢
夾流対坐将幽境
日午舟歌響澗中

少婦岩上《しょうふがんじょう》　湧水《ゆうすい》　隆《りゅう》として
壮夫岩下《そうふがんか》　鯉魚《りぎょ》　叢《むら》がる
流《なが》れを夾《さしはさ》み　対坐《たいざ》するは　将《まさ》に幽境《ゆうきょう》
日午《にちご》の舟歌《ふなうた》　澗中《かんちゅう》に響《ひび》く

少婦岩から湧き水があふれ、壮夫岩の水辺には鯉魚がむらがる。二つの岩が流れを挟んで対座している光景は、まさに幽境のおもむき。夏日さす午後の舟下り、船頭の唄う舟歌が谷川の渓谷に響く。

前半二句に少婦岩と壮夫岩の名前を入れ、対句にした。船頭の唄う舟歌は民謡の「猊鼻追分」。江刺追分の節回しに地元自慢の歌詞をつけたもので、どの船頭のこぶし回しも絶品である。歌える船頭を育てたのが「猊鼻渓の忠さん」として知られた民謡名人の佐々木忠一さん。彼の生涯は岡田寛『猊鼻渓に追分流れけり―船下り名物船頭を訪ねて―』（河北新報社）に詳しい。

猊鼻渓の夏（著者撮影）

前述した「芦東山没後百三十五年郷祭」の招待者の中で漢詩を得意とする参加者は、猊鼻渓の船遊びを楽しみ、十五の絶景ポイントでそれぞれ漢詩を詠んだ。いわば「曲水の宴」の猊鼻渓版である。

仙台出身の漢学者・大須賀《おおすが》筠軒《いんけん》（一八四一～一九一二）は七言絶句「壮夫岩」で次のように詠んだ。

壮夫岩

大須賀筠軒（明治）

奇石巉嶒皆露骨
恬波窈窕尽凝膚
須知配合剛柔妙
水是美人山壮夫

奇石《きせき》　巉嶒《りょうそう》として　皆骨《みなほね》を露《あら》わす
恬波《てんぱ》　窈窕《ようちょう》として　尽《ことごと》く膚《はだ》に凝《こ》る
須《すべか》らく知《し》るべし　配合《はいごう》　剛柔《ごうじゅう》の妙《みょう》
水《みず》はこれ美人《びじん》　山《やま》は壮夫《そうふ》

奇石が高く重なり、いかつい骨格をあらわしている。岩肌はしとやかで、柔らかな感じがする。この岩は、剛と柔の巧みな配合であることがわかる。つまり、水にみる美人の感じと山にみる丈夫の感じとを備えている。

この漢詩が詠まれたとき、同行した詩人の小倉茗園《おぐらめいえん》は短歌で次のように唱和した。

谷川をはさみて立てる女《め》をといは　むつましげなるすがたなりけり

また、佐藤猊巌も次のような返歌を詠んだ。

いと高く立てる岩ほのををしきは　大和をのこの姿なるらん

秋

猊鼻渓の秋も見事である。晩秋の絶景をわたしは七言絶句「秋峡《しゅうきょう》」で次のようにに詠んでみた。（二〇一八年秋作）

秋　峡

秋日峡天夜満霜
岸辺楓葉一朝黄
川魚列列過船客
疑是錦衣碧水蔵

秋日《しゅうじつ》の峡天《きょうてん》　夜霜《よるしも》に満《み》ち
岸辺《がんぺん》の楓葉《ふうよう》　一朝《いっちょう》にして黄《き》なり
川魚《せんぎょ》　列列《れつれつ》として船客《せんきゃく》を過《よ》ぎれば
疑《うたが》うらくは是《こ》れ　錦衣《きんい》の碧水《へきすい》に蔵《ぞう》するかと

秋の渓谷は、夜になって一面の霜となり、岸辺の楓の葉は一晩で黄色くなった。川魚が群れをなして川船を通り過ぎると、思わず色鮮やかな着物が澄んだ水の中に流れているのかと錯覚しそうだ。

船を先導する鯉（著者撮影）

猊鼻渓には川魚の他に錦鯉も多い。色鮮やかな錦鯉が川船に近づいたときの感慨をこの詩で詠んでみた。

詩の構成は、前半は夜から朝にかけての自然描写であり、後半は日中の船遊びの様子の描写で夜から昼へと時間の変化で場面を転換した。なお、この詩の「楓葉」はモミジのこと。カエデではない。モミジを文字通り「紅葉」にすると、紅と黄が重複し、漢詩としては具合が悪い。楓は漢詩の季語である。

なぜ佐藤猊巌が猊鼻渓をこれほど大切に守り続けたのか。その理由が感じ取れる漢詩が残されている。季節は必ずしも秋ではないが引用してみよう。詩題は不明なので「絶句」と仮置きする。

絶句　　佐藤猊巌（明治）

山皆載石繞渓村　　山《やま》は皆《みな》　石《いし》を載《の》せ　渓村《けいそん》を繞《めぐ》る

気勢恰如鼇負坤
彭沢当年寓言耳
寧知此処有桃源

気勢《きせい》　恰《あたか》も鼇《ごう》の坤《こん》を負《お》うが如《ごと》し
彭沢《ほうたく》　当年《とうねん》　寓言《ぐうげん》耳《のみ》
寧《むし》ろ知《し》る　此処《ここ》に　桃源《とうげん》有《あ》るを

全ての山が石を載せて渓谷の周りをめぐる。それは、海中の大亀が背に大地を乗せているかのような風情である。陶淵明（彭沢は地名。詩文では東晋時代に県令であった陶淵明本人をさす）がたとえ話にした桃源郷がまさにここに在ることを知る。

そして、彼は、秋の風情を今様歌の中で次のように詠む。

紅葉《もみじいろど》彩る千岩《せんがん》は　清き流れにうつろへて
倒《さか》しまに落つ山影《やまかげ》の　上を往《ゆ》き交《か》ふ小舟かな

冬
最後に、猊鼻渓の冬景色を詠んだ七言絶句「自《おの》ずから酌《く》む」をご覧いただこう。
（二〇二〇年冬作）

自酌

清渓立冬朔風遅
高樹汀洲雪少時
水上行人聊好事
露舟自酌得新詩

清渓《せいけい》 立冬《りっとう》にして朔風《さくふう》遅《おそ》く
高樹《こうじゅ》 汀洲《ていしゅう》 雪《ゆき》少《か》く時《とき》
水上《すいじょう》の行人《こうじん》 聊《いささ》か好事《こうず》
露舟《ろしゅう》 自《おの》ずから酌《く》み 新詩《しんし》を得《え》んとす

立冬だというのに渓流にはまだ北風は吹いていない。岩上の松にも中洲の上にも雪はない。清渓を舟でゆく旅人は、とりあえず物好き風を装って、屋根のない川舟で手酌をしながら詩をひねりだそうとしている。

北国の猊鼻渓は冬の寒さが厳しい。近年は川船に風よけがつき、足下には暖房がついていて冬の川巡りも人気のようだ。拙詩では、詩情を強調するためにあえて「露舟」で手酌するという舞台設定にしてみた。それにより、詩人気取りの風情が表現できたのではないかと思う。このような道楽ができるのも先人のお陰である。

佐藤猊巌は、猊鼻渓の闡幽五十周年を記念する冊子の中で、父・佐藤洞潭の貢献を称えている。「先考洞潭先生猊谿闡幽五十餘年予継其意」詩は、石碑に刻され、猊鼻渓口に今も残されている（写真）。

半生未肯夢王侯
偏為渓山期闡幽
五十年来苦心迹
後人尚是有知不

猊鼻渓闡幽詩碑（一関市教育委員会提供）

半生《はんせい》未《いま》だ肯《がえん》ぜず　王侯《おうこう》を夢《ゆめ》みるを
偏《ひとえ》に渓山《けいざん》の為《ため》に　闡幽《せんゆう》を期《き》す
五十年来《ごじゅうねんらい》　苦心《くしん》の迹《あと》
後人《こうじん》　尚《なお》是《こ》れ　知《し》らざる有《あ》り

秘境だった渓山を世に知らしめようと、まさに王侯を夢みるように半生を捧げてきた。その半世紀にもわたる苦労のおかげで渓谷の美を楽しめるのだが、今の人はその陰にある先人の苦労を知らない。

この章で引用した猊鼻渓についての詩歌とその通釈は、佐藤宏『猊巌と猊鼻渓』（岩手県立図書館蔵）に拠った。

5　水晶の里

わたしの生家は、猊鼻渓のとなりの町「摺沢」にある。この地名は、「（水晶を）擦《す》る沢《さわ》」に由来する。国鉄・大船渡線が大正十四年に一ノ関〜摺沢間で部分開通した。駅名の登録のときに、「スルザワ」と発音された駅名を、担当の役人が「スリサワ」の訛りと勘違いして「摺沢」という字をあてたと言い伝えられている。この伝聞の真偽は定かではないが、水晶が当時の地域の特産品であったことを物語る話として興味深い。

生家の庭先の南方に、里山が連なる低い丘陵がある。その一画が「玉堀《たまほり》」と呼ばれる地区で、かつての水晶の産地である。特に紫水晶は銘石として知られ、江戸時代には殿様に献上されたという。

時代が下り、水晶が取り尽くされて採石場は墓地に変わった。子供の頃、墓参のときに、近くに散在する乳白色の角柱石を持ち帰り、家の床下に埋めたことを覚えている。子供心に、数年すれば透明な水晶に成長するだろうと思っていたのだ。

そのような子供時代を思い出して作詩したのが次の漢詩「玉堀山《たまほりやま》」である。（二〇一八年作）

玉堀山

往昔陽丘産水晶
当今陰地余松声
憶来少小寒心胆
雨後燐光玉堀生

往昔《おうせき》陽丘《ようきゅう》水晶《すいしょう》を産《さん》し
当今《とうこん》陰地《いんち》松声《しょうせい》を余《あま》す
憶《おぼ》え来《き》たり少小《しょうしょう》心胆《しんたん》の寒《さむ》きを
雨後《うご》燐光《りんこう》玉堀《たまほり》に生《しょう》ず

昔は、山の南面（陽丘）で水晶がとれ、賑わった。今は墓地（陰地）となり、松風が聞こえるだけになってしまった。思い出すのは、幼少の頃に震えるような怖さを経験したこと。薄暮の雨上がりに、燐光が玉堀から空に飛んだのを見たからだ。

それは、菜種梅雨の頃の出来事だった。雨上がりの夕暮れ時に、前方の玉堀山から閃光のような明かりが空に飛ぶのを見たのである。「それは人魂《ひとだま》だ」と家人から聞かされたことを覚えている。当時は土葬が行われていたので、雨上がりの湿気の多いときに人魂が飛ぶことがあったようだ。火葬の時代にあっては昔話のように聞こえるかもしれない。

年経て子供時代を振り返ると、思い出は甘美なものとなる。わたしにとってその筆頭は川遊びである。生家の近くには水遊びできるような清流はなかったので、夏休みには母の生家に泊まりがけで出かけ、終日、水遊びに興じた。母の生家は、前述した猊鼻渓から二キロほど上流の砂鉄川沿いの高台にあった。明治時代に建てられた大きな屋敷で、当時、地区有数の農家であった。

わたしが東京で生活をするようになって半世紀が過ぎたある日、母の生家の当主である従弟から一通の封書が届いた。そこには、奥座敷の襖に墨書きされた七言絶句八首の写真が同封されていた。わたしの漢詩好きを知って、襖の漢詩がどういう意味か知りたいので解釈して欲しいとの依頼が添えられていた。

従弟の説明によれば、襖の漢詩は、地元の日本画家、鈴木翠村《すずきすいそん》（一八八一〜一九四七）が昭和初期に長逗留し、宿代の代わりにと自作自筆の詩書を置いていったものだという。昭和五年の『全国名画家選抜名鑑』によれば、翠村翁は全国二百名の画家の一人であったというから、当時、母の生家は翠村翁を「食客」として迎えたのであろう。奥座敷の戸袋には山水画も描かれている。

翠村翁の残した八首の七言絶句の一つを引用する。詩題は不明なので無題と仮置きしておく。

無題

鈴木翠村（昭和）

夕陽照映小江平
蘆荻洲中宿鷹鳴
黙釣移舟無限興
壱竿不識世間情

夕陽《せきよう》照《て》り映《は》え　小江《しょうこう》平《たいら》かなり
蘆荻《ろてき》洲中《しゅうちゅう》宿鷹《しゅくおう》鳴《な》く
黙《もく》して釣《つ》り　舟《ふね》を移《うつ》せば　無限《むげん》の興《きょう》
壱竿《いっかん》識《し》らず　世間《せけん》の情《じょう》

夕陽が照り映え、小川の流れは平らである。あしとおぎの生えた中洲に宿る鷹が鳴く。独り無言で小舟を動かせば、限りなく興がわく。手にした一本の釣り竿は、世間の喧噪などに一切関心をもたない。

この漢詩を読んだとき、子供の頃に水遊びをした場所ではないかと直感した。翠村翁がぶらりと出かけ、釣りに興じたであろうこの場所こそ、著者が子供の頃、水遊びをし、魚釣りをした場所に違いない、と。

この漢詩は、「食客」の詩人が宿代として残したものであり、それが個人宅の座敷の襖を飾っているので、恐らく世には知られていないだろう。

郷土の先人の貴重な作品なので、七言絶句八首を、詩書の写真とともに本章の末尾に添付しておく。

鈴木翠村　七言絶句八首（順不同）

其一

一叢栄晩是天真
緑葉猗猗面目新
並石四時無俗態
国香芳潔似佳人

一叢《いっそう》　栄晩《えいばん》　是《こ》れ天真《てんしん》
緑葉《りょくよう》　猗猗《いい》として　面目《めんぼく》新《あら》たなり
石《いし》を並《なら》べれば　四時《しいじ》　俗態《ぞくたい》無《な》し
国《くに》の香《か》は芳潔《ほうけつ》にして　佳人《かじん》に似《に》る

一叢の草木が日暮れにはえわたり、その姿は自然で飾り気がない。緑の葉は美しく、面目が新たになる。四季折々の庭石の並びは俗っぽくなく、住む人々が純粋であるように、地域の気風も好ましい。

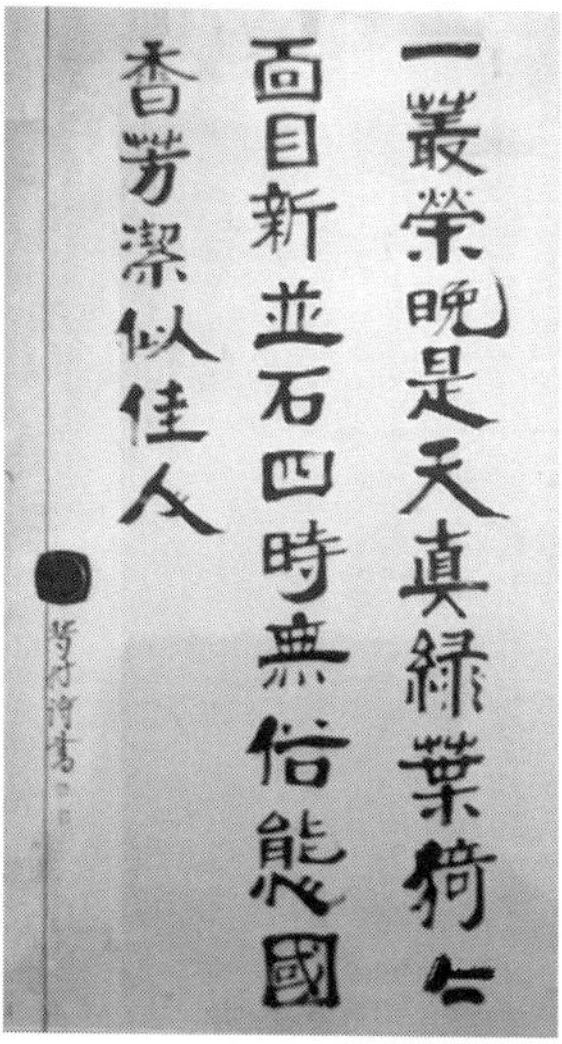

（菅原庸夫氏提供、以下同じ）

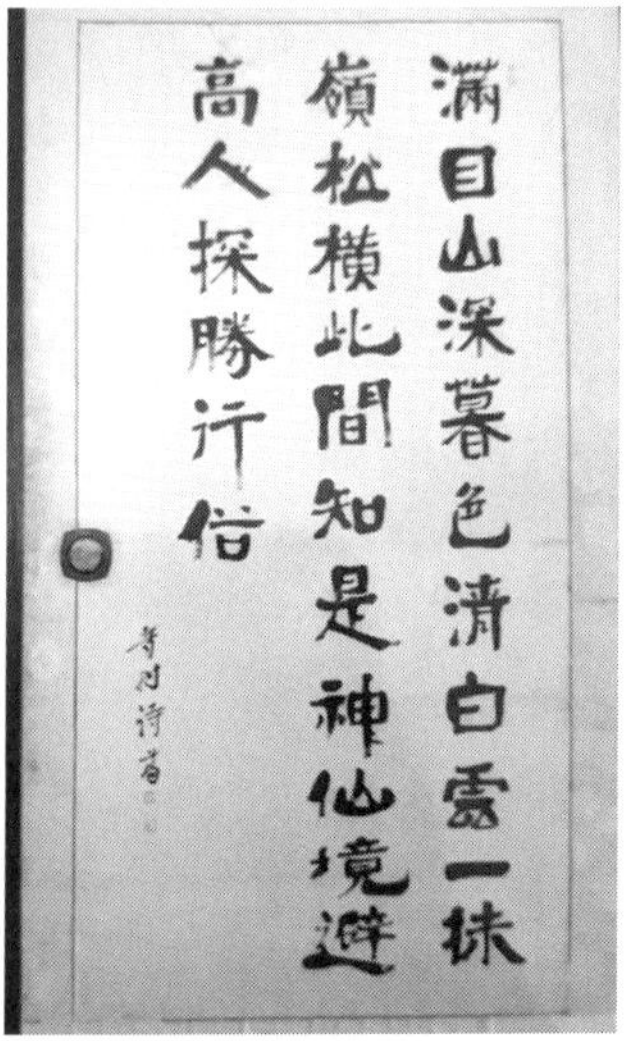

其二

満目山深暮色清
白雲一抹嶺松横
此間知是神仙境
避高人探勝行俗

満目《まんもく》 山深《やまふか》く 暮色《ぼしょく》 清《きよ》らかなり
白雲《はくうん》 一抹《いちまつ》 嶺松《れいしょう》 横《よこ》たわる
此間《ここ》に 是《こ》の神仙境《しんせんきょう》を知《し》る
高人《こうじん》を避《さ》け 行俗《こうぞく》を探勝《たんしょう》せん

一面の山々は遠くまで続き、日暮れの景色は清らかである。白雲がうっすらたなびき、山の嶺には松が横たわっている。ここはまさに神仙郷、隠者ではなくて世俗の行いを探勝してみよう。

（著者注—第四句の脚韻が合わないがそのまま引用した）

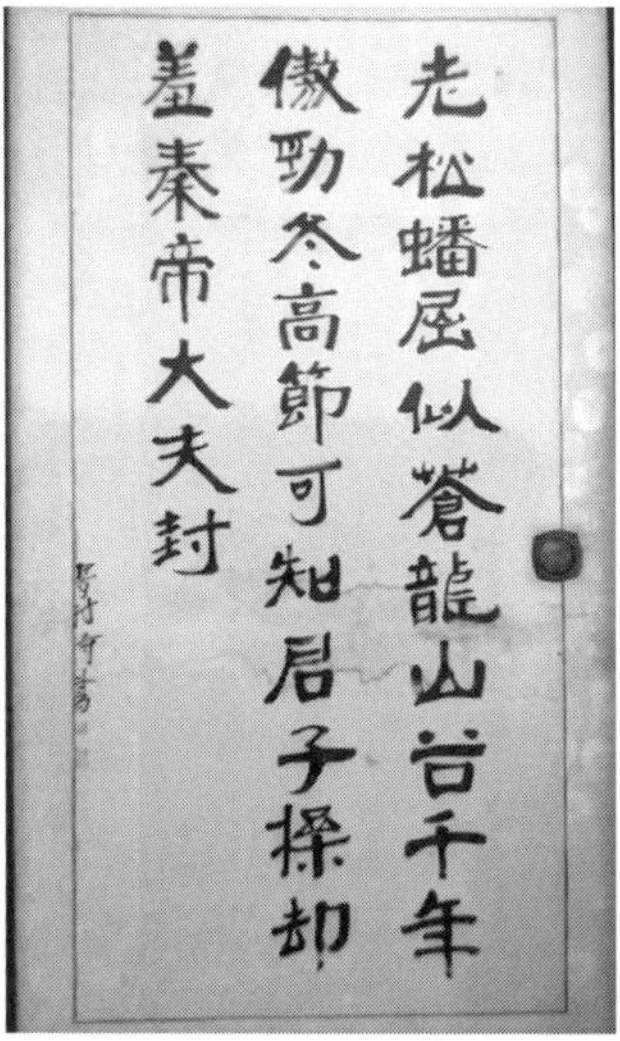

其三

老松蟠屈似蒼龍
山谷千年傲勁冬
高節可知君子操
却羞秦帝大夫封

老松《ろうしょう》　蟠屈《ばんくつ》して　蒼龍《そうりゅう》に似《に》る
山谷《さんや》　千年《せんねん》　勁冬《けいとう》を傲《ごう》す
高節《こうせつ》は　君子《くんし》の操《みさお》を知《し》るべし
却《かえ》って羞《は》じる　秦帝《しんてい》　大夫《たいふ》の封《ふう》

松の老樹が龍のようにとぐろを巻いている。山や谷は千年もの間、厳しい冬を凌いできた。君子は高い操をもっていなければならない。秦の始皇帝が泰山で雨宿りした松の木に五大夫の爵位を授けたのは恥ずかしいことである。

其　四

瀟洒無塵千仞岡
白雲深処即仙郷
煮茶閑座長松下
與友披襟避午陽

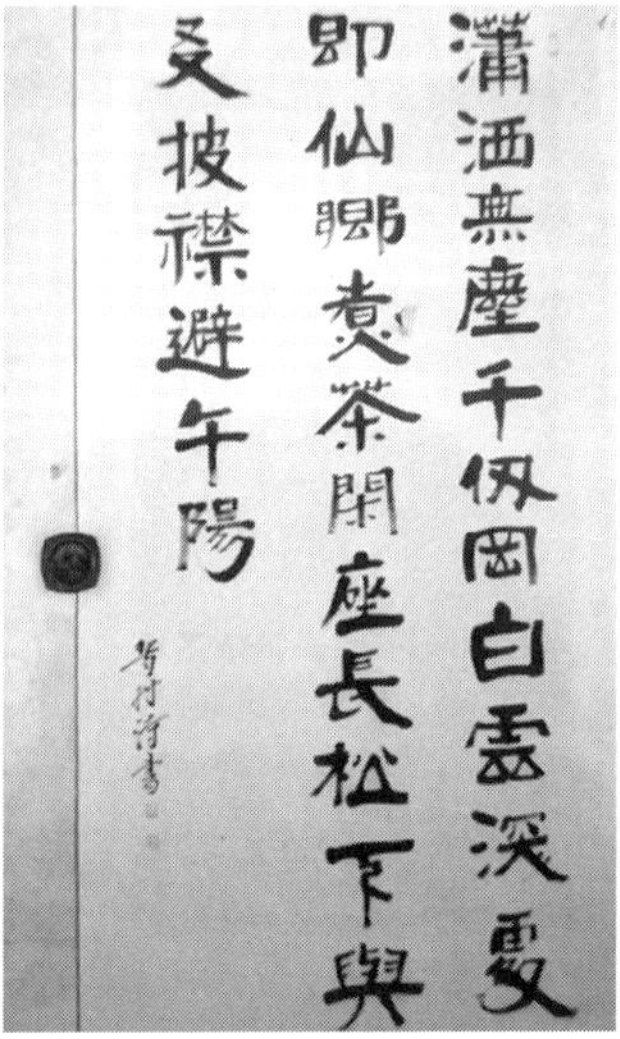

瀟洒《しょうしゃ》　無塵《むじん》　千仞《せんじん》の岡《おか》
白雲《はくうん》　深《ふか》き処《ところ》　即《すなわ》ち仙郷《せんきょう》
茶《ちゃ》を煮《に》て　長松《ちょうしょう》の下《もと》に閑座《かんざ》すれば
友《とも》と襟《えり》を披《ひら》き　午陽《ごよう》を避《さ》く

清らかで塵ひとつない千仞の岡。白い雲がたなびく奥深いところの仙郷である。茶を煮て大きな松の木の下にゆっくりと坐り、友と襟を開いて午後の日差しをさけている。

其五

千枝万朶爛生光
今古由来入史章
桃李杏梅無可比
扶桑自作百華王

千枝《せんし》の万朶《ばんだ》　爛《らん》たる光《ひかり》を生《しょう》じ
今古《こんこ》に由来《ゆらい》して　史章《ししょう》に入《い》る
桃李《とうり》　杏梅《あんばい》　比《くら》ぶべきも無《な》し
扶桑《ふそう》　自《おのずか》ら作《な》る　百華《ひゃっか》の王《おう》

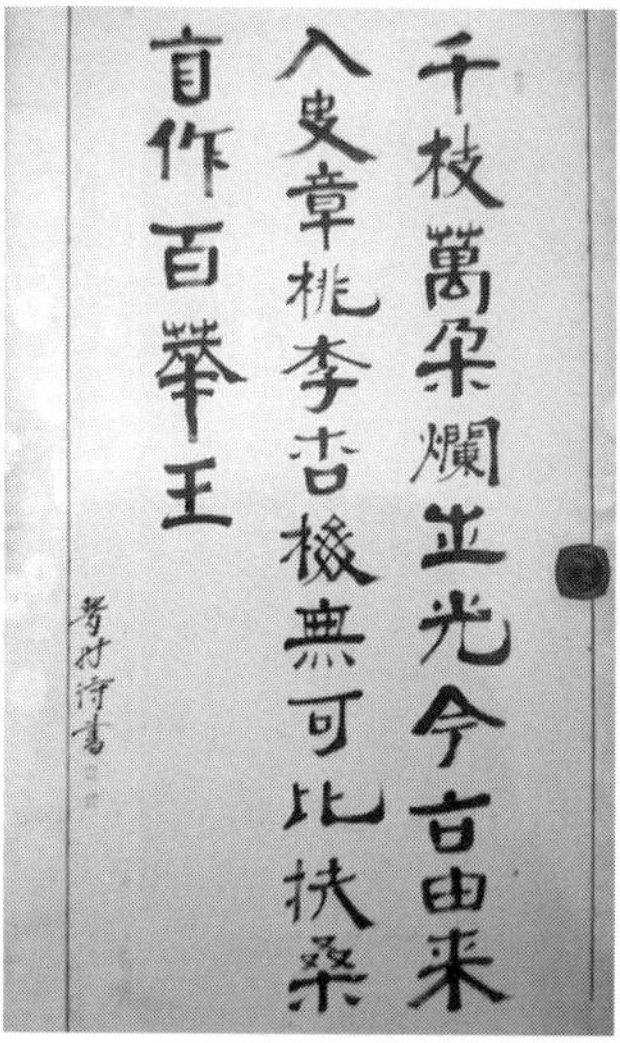

多くの枝がきらきらとした光を放っている。その来歴は古く、歴史の記録に残っている。桃李も杏梅も比べものにならない。扶桑みずからが百花の王である。

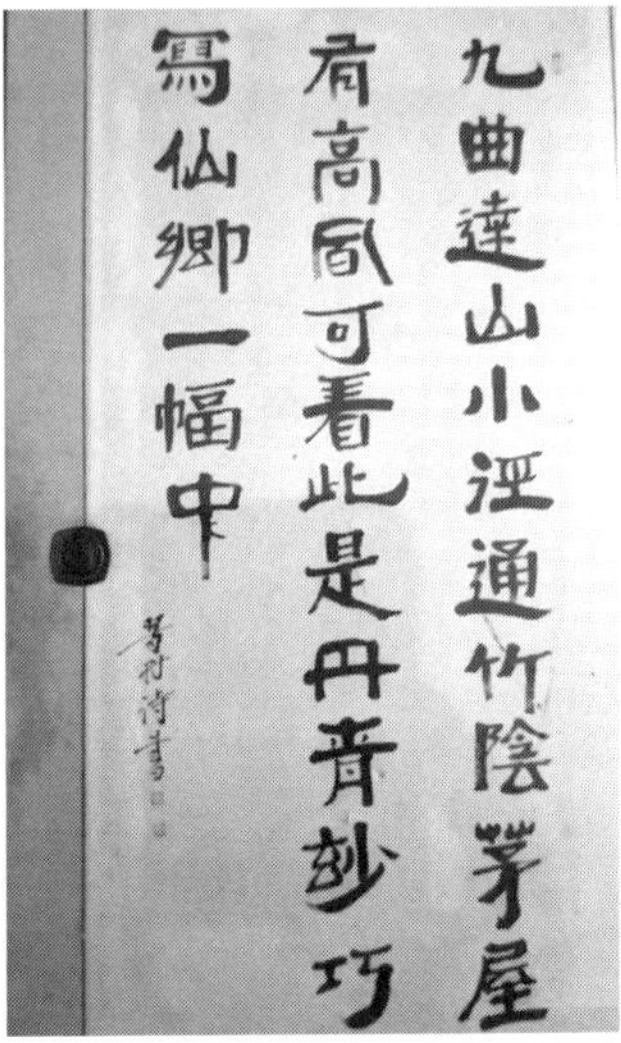

其六

九曲達山小径通
竹陰茅屋有高風
可看此是丹青砂
巧写仙郷一幅中

九《く》たび曲《ま》がり　山《やま》に達《たっ》すれば　小径《しょうけい》に通《つう》ず
竹陰《ちくいん》　茅屋《ぼうおく》　高風《こうふう》有《あ》り
看《み》るべし　此是《ここ》の　丹青《たんせい》の砂《すな》
巧《たくみ》に仙郷《せんきょう》を写《うつ》す　一幅《いっぷく》の中《うち》

つづら折りの山道を行くと小径があり、竹林の中に風情のある藁葺きの家がある。ここの赤や青の砂は一見の価値がある。仙郷を一幅の絵として巧みに落とし込んでいる。

其七（再掲）

夕陽照映小江平
蘆荻洲中宿鷹鳴
黙釣移舟無限興
壱竿不識世間情

夕陽《せきよう》 照《て》り映《は》え 小江《しょうこう》 平《たいら》かなり
蘆荻《ろてき》 洲中《しゅうちゅう》 宿鷹《しゅくおう》鳴《な》く
黙《もく》して釣《つ》り 舟《ふね》を移《うつ》せば 無限《むげん》の興《きょう》
壱竿《いっかん》 識《し》らず 世間《せけん》の情《じょう》

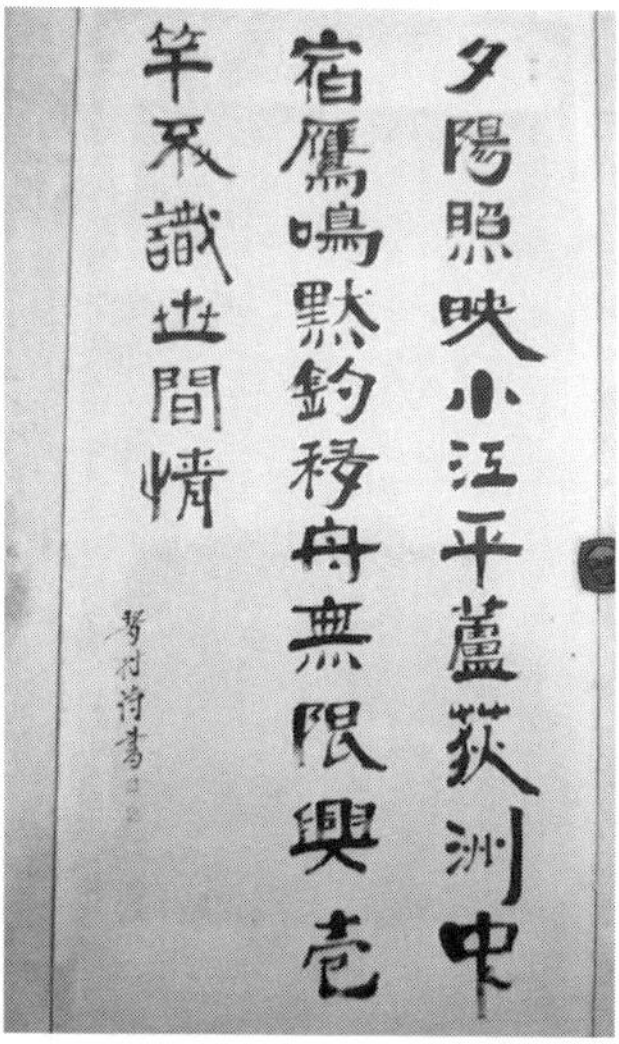

夕陽が照り映え、小川の流れは平らである。あしとおぎの生えた中洲に宿る鷹が鳴く。独り無言で釣り舟を動かせば、限りなく興がわく。手にした一本の釣り竿は、世間の喧噪などに一切関心をもたない。

其八

軽烟一抹鎖遥峰
月照秋江万頃縫
触詠移舟無興限
良歎此景再難逢

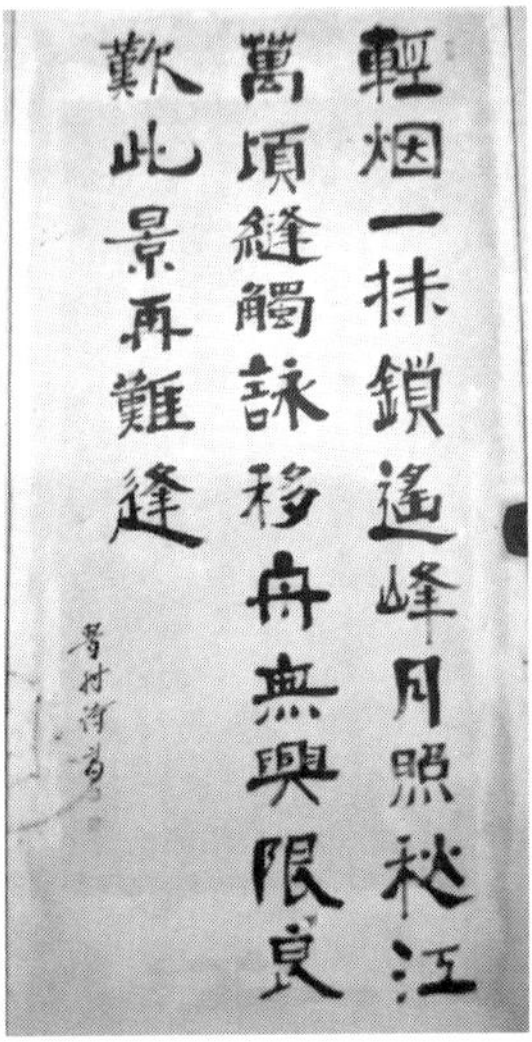

軽煙《けいえん》 一抹《いちまつ》 遥《はる》かな峰《みね》を鎖《と》ざし
月《つき》は秋江《しゅうこう》を照《て》らし 万頃《ばんけい》縫《ぬ》う
触《しょく》して詠《えい》じ 舟《ふね》を移《うつ》せば 興《きょう》限《かぎ》り無《な》し
此《こ》の景《けい》を良歎《りょうたん》し 再《ふたた》び逢《あ》い難《がた》し

一筋の白い煙が遠くの峰を隠し、秋の月は川筋を縫いつなぐように照らしている。小舟が流れ着くところで詩を吟じ、さらに舟を移動させると興がつきることはない。この光景に再び出合うことはないだろうと思わず口ずさむ。

第二章

社寺巡礼

1　中尊寺の栄華

みちのく平泉は平安末期に栄えた。その文化は、当時、京都にも肩をならべるものであったことが遺構発掘から明らかにされている。その中心は一一〇五年に藤原清衡によって建立された中尊寺。金色堂と経堂が現存している。

わたしが金色堂を訪れたのは年末の晦日であった。その日は、その冬一番の冷え込みで、参道脇には厚い霜柱が立っていた。樹齢数百年という老杉が連なり、枝や葉はみるからに堅い。北国の寒風にさらされているためであろう。そのお陰で苦労せずに目的地にたどり着くことができた。

現在の金色堂は、覆堂をつけかえるのを機に、七年の年月をかけて大修理を行い、昭和四十年に完成したもの。すべてが金箔で覆い尽くされていると思われがちだが、実際には金箔の他に、漆地に螺鈿の蒔絵が描かれており、それが金色と調和して燦然とした輝きを生み出している。

年末の金色堂を訪ねたときの印象をまとめたのが次の七言絶句「中尊寺《ちゅうそんじ》を訪《たず》ぬ」である。

（二〇一〇年冬）

訪中尊寺

老杉勁葉拒風霜
使客子之金色堂
内陣燦然九百歳
螺鈿蒔絵箔金光

老杉《ろうさん》の勁葉《けいよう》　風霜《ふうそう》を拒《こば》み
客子《かくし》をして金色堂《こんじきどう》に之《ゆ》かしむ
内陣《ないじん》　燦然《さんぜん》たり　九百歳《きゅうひゃくさい》
螺鈿《らでん》の蒔絵《まきえ》　箔金《はくきん》の光《ひかり》

参道の杉並木のかたい葉が師走の寒風を凌いでくれたため、旅人は山中にある金色堂に難なくたどり着くことができた。本殿の内陣は九百年にわたり燦然と輝いてきた。すべてが螺鈿の蒔絵や金箔で覆われ、それはまことに見事なものである。

絶句は短詩形なので、一つの詩の中では同じ漢字を使用しないのがルールだが、この詩では「金」の字を二回使用した。金色堂のイメージを強調するためである。客子は著者自身のことである。

金色堂をお参りした後、藤原三代の秘仏を展示する「讃衡蔵」、わら葺屋根の「野外能楽堂」などをゆっくり見物し、少し離れている毛越寺跡を回って平泉をあとにした。

幕末から明治の儒学者・大槻磐渓《おおつきばんけい》（一八〇一～一八七八）は、多くの懐古詩を残している。その一つに、七言絶句「平泉懐古《ひらいずみかいこ》」がある。磐渓四十一歳のときの作である。

平泉懐古

大槻磐渓（江戸末期・明治）

三世豪華擬帝京
朱楼碧殿接雲長
只今唯有東山月
来照当年金色堂

三世《さんせい》の豪華《ごうか》　帝京《ていきょう》に擬《ぎ》す
朱楼《しゅろう》　碧殿《へきでん》　雲《くも》に接《せっ》して長《なが》し
只今《ただいま》　唯《た》だ　東山《とうざん》の月《つき》のみ有《あ》って
来《きた》り照《て》らす　当年《とうねん》の金色堂《こんじきどう》

奥州藤原氏三代の栄華は、京の都にも肩をならべるもので、朱塗りの高楼や青瓦の御殿は、雲に届くばかりに高く連なっていた。ただ、今は東の山にのぼる月があるばかり。月光が往時の金色堂を照らしている。

この詩は、前半でかつての平泉の繁栄に思いをはせ、後半で作詩したときの平泉を詠むことで栄枯盛衰の感慨を描いている。

第三句の「東山月」の意味としては、作者が付近の地理に明るいはずなので、平泉の東方にある東稲山や東山町（第一章4参照）をさすともとれるが、単に東の山の月とし、あえて場所を特定しない解釈にした。

大槻磐渓は、蘭学者の大槻玄沢の長男として生まれた。国語学者として著名な大槻文彦は磐渓の息子である。大槻玄沢は一関藩医であったため、親子三代の胸像が「大槻三賢人」としてJR東日本の一関駅前の広場に建てられている。

金色堂新覆堂（中尊寺提供）

2　王子稲荷神社の初詣

王子稲荷神社は、東京都北区王子にある。その歴史は古く、稲荷神社の関東総社として社格も高い。伝承によれば、大晦日に関東八州から神の使いの狐が一本の榎の下に集まり、そこで衣装を整え、除夜の鐘と共に王子稲荷に向かったという。浮世絵に榎の下で装束

王子装束ゑの木 大晦日の狐火
（歌川広重「名所江戸百景」）

を整える狐の絵がある。装束稲荷神社は今も残っている。

狐の参詣の伝承を受け継いで、毎年大晦日になると、善男善女が狐のお面をかぶり、王子稲荷神社詣に市中をゆっくりと練りあるく。多数の人が参加するが、行列はそれほど騒々しくない。静かに新しい年の到来を迎えるという日本の伝統がそうさせているのであろう。

王子稲荷神社での初詣を詠んだのが次の七言絶句「新歳《しんさい》を寿《ことほ》ぐ」である。（二〇一〇年冬作）

寿新歳

昨 夜 鐘 声 除 旧 歳
今 朝 狐 面 賀 新 年

昨夜《さくや》 鐘声《しょうせい》 旧歳《きゅうさい》を除《つ》き
今朝《こんちょう》 狐面《こめん》 新年《しんねん》を賀《が》す

社祠拝礼曈曈日
祈願安寧献賽銭

社祠《しゃし》に拝礼《はいれい》す　曈曈《とうとう》たる日《ひ》
安寧《あんねい》を祈願《きがん》し　賽銭《さいせん》を献《けん》ず

除夜の鐘と共に年が明け、顔に狐面を着けた人たちが新年を祝っている。
初日が差し始めた頃におもむろに参拝し、賽銭を投じて安寧を祈願した。

第一句と第二句は、対句にして除夜の鐘で年が明ける様子を表現し、第三句と第四句では除夜から時間が経過した日中の参拝風景を描いた。

この漢詩は、北宋の王安石（一〇二一〜一〇八六）の七言絶句を手本とした。詩情には雲泥の差があるが七言絶句の名人の作品を引いてみよう。唐宋八大家の文章家であり、七言絶句の名手は元日の風景を次のように詠む。

元　旦

北宋・王安石

爆竹声中一歳除

爆竹《ばくちく》の声中《せいちゅう》　一歳除《いっさいのぞ》き

春風送暖入屠蘇
千門万戸曈曈日
総把新桃換旧符

春風《しゅんぷう》　暖《だん》を送《おく》って　屠蘇《とそ》に入《い》る
千門《せんもん》　万戸《ばんこ》　曈曈《とうとう》たる日《ひ》
総《すべ》て新桃《しんとう》を把《と》り　旧符《きゅうふ》に換《か》える

爆竹の音がババンと賑やかに鳴っているうちに一年が終わり、新しい年がやってきた。春風が暖かい風を運び入れ、屠蘇の中にも入ってきた。初日が赤々と輝いて多くの家々に差し込む頃、どの家でも門戸の古いお札に換えて、新しいお札を貼りかえている。

この詩から、中国では千年も前にすでに爆竹を鳴らして元旦を迎えたことがわかる。爆竹は悪鬼を退治するために鳴らした。また、桃は邪気を払うと考えられ、桃の木の板に絵を描いた桃符を門戸に取り付ける。そのような風習が、春節に門戸に取り付ける対聯や鍾馗像という形で現在に受け継がれている。対聯については、第五章「南山韓屋村の対聯」（一七〇頁）を参照されたい。

わたしはこれまで一度だけ新年を国外で迎えたことがある。フランスアルプスのスキー場として名高いバルディゼールのホテルで年を越したとき、周辺が花火や歓声でうるさくて眠ることができなかった。あとで聞いた話では、往来する人々が路上で抱擁しあい、新年の到来を祝福するのだという。元旦にスキー場に出かけると、リフトに乗ったスキー客が「ボナネー！」（おめでとう）と声をかけあっていて、その様子はとても気持ちのよいものであったことを覚えている。

3　無量寺の阿弥陀像

無量寺は、東京の駒込駅の近くにある「江戸六阿弥陀」の一つ。言い伝えによれば、行基上人が一本の木から六体の阿弥陀像を彫り上げ、それを地元の長者が六つの寺に奉納したものだという。江戸時代には、お彼岸になると多くの人が六体の阿弥陀仏を巡拝した。阿弥陀仏詣はとても盛んで、その賑わいは第二次大戦直前まで続いた。その様子は『江戸名所図会』にも描かれている。

明治四十四年の『郊外探勝その日帰り』（落合昌太郎著）に、六阿弥陀の御詠歌が掲載されている。一番から六番まで、それぞれの歌の冒頭に「南無阿弥陀仏」の名号の一文字が置かれ、歌詞には一から六の数字が置かれ、西福寺を除く各寺院の所在地が詠み込まれている。

第一番・西福寺　南の字からまわりはじめしその元木
一世のうちのゑんとなるらん（豊島）
第二番・恵明寺　無がなへばみのりのふねでこすぬまた
二たび元の道へ無かわん（沼田）
第三番・無量寺　阿りがたや阿弥陀の浄土にしがはら
三がいしゅしゃうのこるものなし（西ヶ原）
第四番・与楽寺　弥なが今此世でたねをまけたばた
四かも仏花にみのるうれしさ（田端）
第五番・常楽院　陀くさんにとなへしくちのこの下谷
五ともなしにひらくれんだい（下谷）
第六番・常光寺　仏体をめぐりしまいしかめいどや
六しん南無や阿弥陀仏〳〵（亀戸）

（六阿弥陀については、「古今御朱印研究室」（https://goshuin.net）の記事を参考にした。）

無量寺は、ＪＲ駒込駅に程近い閑静な住宅地に囲まれている。路地を挟んだ東隣に、四季折々、訪問客が絶えない旧古河庭園（後出）があるので、無量寺の境内の静寂さが一層印象的である。

ご本尊は不動明王で、言い伝えによれば、昔、忍び入った盗賊が不動尊の前で身体が硬直し、身動きが取れなくなった。それ以来、「足留め不動」とも呼ばれているという。雷除けのご利益もあるという。

その由来を七言絶句にまとめて次のように詠んでみた。(二〇一七年夏作)

無量寺

旧古河亭車馬喧
無量寺域静山門
本尊怒髪灯明裏
除賊避雷不動尊

旧古河亭《きゅうふるかわてい》　車馬《しゃば》喧《かまびす》し
無量寺域《むりょうじいき》　山門《さんもん》静《しず》かなり
本尊《ほんぞん》の怒髪《どはつ》　灯明《とうみょう》の裏《うち》
賊《ぞく》を除《よ》け　雷《かみなり》を避《さ》ける不動尊《ふどうそん》

旧古河庭園は人の出入りが多い。それに比較して無量寺の山門はひっそりとしたものである。怒髪のご本尊は灯明に照らされ、賊の侵入を退け、落雷を避けるご利益がある。

早春の無量寺山門（著者撮影）

無量寺はわたしの散歩コースなので、境内をたびたび訪れている。しかし、まだご本尊を拝んでいない。この漢詩は、寺の由来などから想像したもので、本当に怒髪があるかどうかは定かでない。機会をみていつか拝観したいと思っている。

第一句の「車馬喧」は、車馬の音がうるさいことから訪れる人が多いことをいう。陶淵明の「飲酒詩」（而無車馬喧）からの転用である。第三句の怒髪は怒りで髪が逆立つことで、不動尊の形相をこのように想像してみた。絶句では韻字を句中では使わないのが原則であるが、この絶句では敢えて韻字の「尊」を句中で使った。

わたしの「無量寺」詩では、「怒髪」をキーワードにしたが、この漢字を使った四字熟語に「怒髪衝天」がある。髪の毛が逆立つほどに激しく怒るようすを表す。この言葉は、初唐の四傑と称された駱賓王《らくひんおう》（六四〇～六八四）が詠んだ「易水《えきすい》での送別《そうべつ》」で知られている。

易水送別

初唐・駱賓王

此地別燕丹
壮士髪衝冠
昔時人已没
今日水猶寒

此《こ》の地《ち》　燕丹《えんたん》に別《わか》れ
壮士《そうし》　髪《かみ》　冠《かんむり》を衝《つ》く
昔時《せきじ》　人《ひと》已《すで》に没《ぼっ》し
今日《こんにち》　水《みず》猶《な》お寒《さむ》し

この地で燕の太子丹と別れ、勇士は怒髪天を衝く形相で旅立った。時が経ち、昔の人はすでに亡くなった。今は、易水の川だけが変わらずつめたく流れている。

この五言絶句には背景となる故事がある。燕の太子丹は、若い頃に強国秦の人質になっていたが、折りをみて秦を逃亡した。燕にもどった丹は、侠客の荊軻《けいか》に秦王（後の始皇帝）暗殺を依頼する。その依頼を引き受けた荊軻の送別の宴が易水のほとりで開かれ、宴の列席者はみな葬送のときと同じ白装束で臨んだという。そのときに荊軻が詠んだのが「風《かぜ》蕭蕭《しょうしょう》として易水《えきすい》寒《さむ》し、壮士《そうし》一《ひと》たび去《さ》って復《ま》た還《かえ》らず」である。天下の絶唱として知られている。

4 伊勢神宮　二首

其の一

伊勢神宮では、社殿や神宝類を二十年毎にすべて造り替える。これは「式年遷宮」と呼ばれる儀式で、持統天皇（奈良時代）の御代に始まり、千三百年の歴史をもつ。既に六十二回の遷宮が行われ、最近では平成二十五（二〇一三）年に行われた。

遷宮は、神々が棲む住居はできるだけ清浄に保ちたいという願いと、古来の様式を正しく伝えたいという思いから行われるものだという。しかし、なぜ二十年毎に行われるのか、その理由は必ずしもはっきりしていない。木造建築の耐久年説、技術伝承説など諸説があるそうだ。

いずれの説に立つにせよ、式年遷宮という伝統を維持するのは簡単なことではない。まず、用材枯渇の問題がある。良質の檜《ひのき》の原木が少なくなり、今では木曽から調達しているという。神宮では将来に備え、宮域内での造林に努めているそうだ。

社殿の古い檜材はすべてリサイクルして再利用される。たとえば正殿の柱は宇治橋のたもとにたつ大鳥居となり、次の遷宮のときには別の場所に移し、さらに二十年のおつとめをしてもらうのである。
初めて伊勢神宮内宮を訪ねたときの感慨を次のように詠んでみた。（二〇〇七年夏作）

内　宮

山川草木発清風　　山川《さんせん》　草木《そうもく》　清風《せいふう》を発《はっ》し
神域森厳老樹崇　　神域《しんいき》　森厳《しんげん》として老樹《ろうじゅ》崇《たか》し
殿舎宝財都造替　　殿舎《でんしゃ》　宝財《ほうざい》　すべて造替《ぞうたい》
千年杉下式年宮　　千年杉《せんねんすぎ》の下《もと》　式年《しきねん》の宮《みや》

神宮域内の山や川、草や木には、清らかな風が吹きわたり、高い老樹が森厳とした雰囲気を醸し出している。遷宮のときには、本殿の宝財はすべてが造り替えられる。その遷宮は、千年杉の下の正宮でとり行われる。

江戸時代は「お伊勢参り」が民衆にとっての人気の旅行コースであった。一八三〇年頃には、半年で約五百万人が参宮したという。当時、日本の人口が約三千万人だったというから、六人に一人はお伊勢参りをしたことになる。参詣人も神域に入れば旅行気分も抜け、

式年遷宮後の正宮
（出所：Wikipedia, User: Ocdp, パブリック・ドメイン画像、https://commons.wikimedia.org/wiki/File: Naiku_001.jpg）

清浄たる雰囲気に心も洗われたことであろう。

頼山陽《らいさんよう》（一七八〇〜一八三二）は、父春水とならぶ江戸期を代表する漢詩人で、『日本外史』の著者としても知られている。頼山陽が五十歳のとき、母を伴い伊勢神宮に詣で、そのときに詠んだのが五言律詩「五十鈴川《いすずがわ》」である。五十鈴川は、内宮の入口の宇治橋の下を流れる清流である。

五十鈴川

頼 山陽（江戸）

平地生雲気
参天畳木陰
万年神在処

平地《へいち》 雲気《うんき》を生《しょう》じ
参天《さんてん》 木陰《もくいん》を畳《たた》む
万年《ばんねん》 神《かみ》の在《おわ》す処《ところ》

兆庶子来心
此水流今古
何人測浅深
姦雄欺裔冑
不遁太陽臨

兆庶《ちょうしょ》　子来《しらい》の心《こころ》
此《こ》の水《みず》　今古《きんこ》に流《なが》る
何人《なんぴと》か　浅深《せんしん》を測《はか》らん
姦雄《かんゆう》　裔冑《えいちゅう》を欺《あざむ》くも
太陽《たいよう》の臨《りん》を遁《のが》れず

平地に彩雲がたなびき、天に散ずる老杉は深い木陰を畳んでいる。この地は永遠に天照大神のおわすところ、万民が子の如く敬い来たる所である。この五十鈴川の水は、太古より流れて尽きず、神聖な場所なので、何人もその深浅をうかがい測ることはできない。たとい姦雄が大神の御子孫を欺こうとしても、太陽神である大神の目を遁れることはできない。

後世、詩人の宮沢賢治も父を伴いお伊勢参りをしている。そのときに詠んだ和歌が数首残されている。宮沢賢治は五十鈴川を次のように詠んでいる。

五十鈴川《いすずがわ》　水かさ増してあらぶれの　人の心もきよめたまはん

其の二

内宮参拝のときに外宮まで足をのばすことができず、数年後に改めて伊勢神宮外宮に詣でた。五月晴れの暑い日であった。念願かなっての外宮参拝を果たしたときの印象をまとめたのが次の七言絶句である。（二〇一五年初夏作）

外宮

外宮孟夏樹蒼蒼
宮社閉門遠拝堂
吾愛苑池容徘徊
池頭杜若競花房

外宮《げくう》　孟夏《もうか》　樹蒼々《じゅそうそう》
宮社《ぐうしゃ》　門《もん》を閉《と》ざし　拝堂《はいどう》を遠《とお》ざける
吾《われ》は愛《あい》す　苑池《えんち》の徘徊《はいかい》を容《ゆる》し
池頭《ちとう》の杜若《とじゃく》　花房《かぼう》を競《きそ》うを

陰暦四月、外宮の樹々がうっそうと生い茂っている。宮社は門を閉ざし、参拝客を遠ざけている。わたしは、自由に出入りができ、池のほとりのかきつばたが彩りを競うのが楽しめる苑池の方が好きだ。

この漢詩は、構内の宮社を遠くからしか眺めることができないことをぼやいたもの。後半は、出入りが自由な勾玉池《まがたまいけ》のほとりで、かきつばたが咲き競うのを近くで見ながら散策する方がいい、という少し皮肉をこめた内容となった。

もちろん、厳しい参拝ルールがあるからこそ千五百年にわたって伊勢神宮の伝統と文化が守られてきたのも事実。今回の絶句は、あくまでも著者のわがままを詠んだものに過ぎない。

そのことは、江戸初期の陽明学者・中江藤樹（一六〇八～一六四八）の漢詩と比較するとよくわかる。「藤樹先生」（私塾を開き多くの門弟を育てた学者で、屋敷に藤の巨木があったことからそう呼ばれた）は、伊勢神宮を次のように詠む。

伊勢神宮　　中江藤樹（江戸）

光華孝徳続無窮
正儀皇與業亦同
黙祷聖人神道教
六合照臨大神宮

光華《こうか》　孝徳《こうとく》　続《つづ》くこと窮《きわ》まりなし
正《まさ》に　犠皇《ぎこう》と　業《ぎょう》も亦同《またおな》じ
黙祷《もくとう》す　聖人《せいじん》　神道《しんとう》の教《おし》え
六合《りくごう》に　照臨《しょうりん》す　大神宮《だいじんぐう》

伊勢神宮の神仏のご加護は永遠に続き、それは天皇のために尽くす業務（犠皇）もまた同じである。黙祷すれば聖人による神道の教えが得られ、全世界（六合）を照らすことができる大神宮である。

外宮勾玉池の小景（著者撮影）

わたしの知る限り、伊勢神宮を詠んだ漢詩はあまり多くない。ほとんどがその神格性と神秘性を称賛するものである。そのように神格化されたイメージをもつ伊勢神宮を、今、漢詩に詠むことは極めて難しいことを痛感した。

5　北野天満宮の小景

北野天満宮は、菅原道真公を御祭神としてまつる全国の天満宮約一万余社の総本社。京都北野にある。天神信仰の発祥の地で、「天神さん」、「北野さん」とも呼ばれている。創建は、平安時代中頃に遡る。藤原氏により大規模な社殿の造営があり、九八七年には天皇の勅使が派遣され、国家の平安が祈念された。以来、「北野天満天神」の神号が認められ、国家国民を守護する霊験あらたかな神として崇められてきた。

江戸時代には、各地に読み書き算盤を教える寺子屋が普及し、その教室に天神さまがまつられ、道真公の「御神影」が掲げられて、学業成就や武芸上達が祈られるようになり、のちに「学問の神さま」「芸能の神さま」として広く知られるようになった。

その天神さんに詣でる光景を詠んだのが次の七言絶句である。（二〇一六年春作）

北野天満宮

洛中正月往陰雺
北野催花白雨紛
衆客堂前願成器
将新符欲把青雲

洛中《らくちゅう》の正月《しょうがつ》　陰雺《いんぷん》往《ゆ》き
北野《きたの》　花《はな》を催《もよお》す　白雨紛《はくうふん》たり
衆客《しゅうきゃく》　堂前《どうぜん》　器《うつわ》に成《な》ることを願《ねが》い
新符《しんふ》を将《も》って　青雲《せいうん》を把《と》らんと欲《ほっ》す

洛中も正月には冷たい雪もやみ、北野にも花をうながす雨が降りはじめた。多くの参詣客が本殿の前に並び、立派な人になることを祈る。新しいお札を買い求め、出世を願うのである。

この詩の第四句は、中唐の政治家である張九齢（六七八〜七四〇）の五言絶句「照鏡《しょうきょう》に白髪《はくはつ》を見《み》る」の「青雲《せいうん》の志《こころざし》」を踏まえている。唐代の名宰相・張九齢は次のように詠む。

照鏡見白髪　　中唐・張九齢

宿昔青雲志
蹉跎白髪年
誰知明鏡裏
形影自相憐

宿昔《しゅくせき》　青雲《せいうん》の志《こころざし》
蹉跎《さた》たり　白髪《はくはつ》の年《とし》
誰《だれ》か知《し》らん　明鏡《めいきょう》の裏《うち》
形影《けいえい》　自《みずか》ら相憐《あいあわ》れむ

昔若いときには青雲の志を抱いていた。しかし、その志を遂げないうちに、こんな白髪の歳になってしまった。鏡の中の老いた我が姿など誰が知るだろう。こうしてわたしとわたしを映した影とが、鏡の中で互いに憐れみあうことになろうとは誰が知るだろう。

この詩だけを見ると、作者の張九齢は若い頃の志がかなわずに年老いてその悲哀を詠っているかのように思われる。しかし、実際には、彼は玄宗皇帝の側近として仕えた大物政治家であった。したがって、この詩はユーモアを楽しむために作られた詩と考えた方がよいのかもしれない。

北野天満宮
（出所：Wikimedia Commons, User: Bergmann, https://commons.wikimedia.org/wiki/File:Kitano_temmangu_Honden.JPG）

6　詩仙堂の風流

詩仙堂は、江戸初期の漢詩人であり、書家としても名高い石川丈山の山荘であった。現在は、その庭園が有名であり、多くの観光客が訪ねている。その正式な名前は「凹凸窠《おうとつか》」。一室に中国の詩人三十六人の坐像とその代表的な詩が壁画として書き添えられていることもあって、後年、建物全体が詩仙堂と呼ばれるようなった。坐像を描いたのが狩野探幽、漢詩は石川丈山の隷書で書かれている。選詩やその配置は林羅山の意見を入れたもの。
詩仙堂を訪ねたときの感慨を詠んだのが次の七言絶句「詩仙堂《しせんどう》」である。（二〇一六年夏作）

詩仙堂

探幽描画倣仙歌
六六書詩競礫波
深院百花点白砂
僧都叩水蝶驚過

探幽《たんゆう》　画《が》を描《か》くに　仙歌《せんか》に倣《なら》い
六六《ろくろく》　詩《し》を書《しょ》すに　礫波《たくは》を競《きそ》う
深院《しんいん》　百花《ひゃっか》　白砂《はくさ》に点《てん》じ
僧都《そうず》　水《みず》を叩《たた》けば　蝶《ちょう》驚《おどろ》いて過《す》ぐ

狩野探幽は三十六歌仙にならい詩人の坐像を描き、六六山人（石川丈山）による漢詩の隷書はまるで波礫を競っているようだ。裏庭の百花は白砂に陰を落とし、ししおどし（僧都）が水を叩くと、蝶が驚いて飛び去っていった。

第一句と第二句は対句なので、句頭に人の名前を置く必要がある。平仄の関係で「丈

三十六詩仙図（部分）（詩仙堂提供）

山」は使えない。そのため、第二句では彼の号「六六山人」から「六六」を代用した。掛け算をすれば三十六となり、「三十六詩仙」とのつながりが暗示される。また、脚韻の関係で「歌仙」を「仙歌」に、「波礫」を「礫波」に倒置した。なお、波礫とは隷書の特徴である横画の強い右上がりのハネをいう。

前半二句で室内を描き、後半二句で室外を描いて場面の転換をはかった。「百花」、「白砂」は、いずれも詩仙堂の庭園の紹介文の中で使われている名称である。

詩仙堂を詠んだ漢詩として、江戸後期の儒者・頼杏坪《らいきょうへい》（一七五六〜一八三四）の作がある。杏坪は頼山陽の叔父に当たる。二十五歳のときに大坂に出て儒学を学び、その後兄・春水と共に江戸に出て服部栗斎に師事した。杏坪の残した「詩仙堂《しせんどう》」詩を読んでみよう。

詩仙堂

頼　杏坪（江戸中期）

戎衣一脱住青山
竹径梅関小有天
不問雲台三十六
草堂六六画詩仙

戎衣《じゅうい》一《ひと》たび脱《だっ》して　青山《せいざん》に住《じゅう》す
竹径《ちくけい》梅関《ばいかん》　小有天《しょうゆうてん》
問《と》わず　雲台《うんだい》　三十六《さんじゅうろく》
草堂《そうどう》　六六《ろくろく》　詩仙《しせん》を画《か》く

軍服を脱いで青山に住み、竹の小径、梅の小門のある別天地で逍遥する。宮廷の雲台に三十六人の功臣が画かれたことは改めて問う必要もないであろう。いぶせき草堂に丈山が詩仙を画き、これを友とし余生を送るのもまた風流である。

この詩の第三句には典故がある。後漢の明帝の永平年間、先代の光武帝に仕えた功臣たちを顕彰して、明帝が洛陽の南宮の雲台に、「二十八将」の肖像画を描かせたことから、「雲台二十八将」と呼ばれた。後に四将が追加され、古来、「雲台三十二将」として知られている。頼杏坪はこの史実を取り込み、詩仙堂の三十六詩仙と対比した。なお、第三句の

「三十六」は三十二の誤りであるという指摘がある（簡野道明講述『和漢名詞類選評釈』）。作者の念頭には、第四句の六六（石川丈山の号）があり、それに引きずられたのかもしれない。

7　東福寺で太閤を懐古する

東福寺は京都にある臨済宗の寺院。洛南の大伽藍である。通天橋は、紅葉の名所として古来有名である。その東福寺を舞台にして、歴史の一コマに焦点を当てた懐古詩にしたのが、次の漢詩である。

太閤秀吉が京都の聚楽第で三歳で落命した愛息・鶴松の死に床にいたたまれず、東福寺に駆け込んだときの秀吉の姿を、満月下の通天橋を背景に次のように詠んでみた。

（二〇一六年秋作）

東福寺懐古

太閤茫然殿舎欄
唯憂愛子作孤鞍

太閤《たいこう》　茫然《ぼうぜん》たり　殿舎《でんしゃ》の欄《らん》
唯憂《ただうれ》う　愛子《あいし》の　孤鞍《こあん》と作《な》るを

通天橋畔紅楓満
仏塔相輪挂玉盤

通天橋畔《つうてんきょうはん》　紅楓《こうふう》満《み》ち
仏塔《ぶっとう》の相輪《そうりん》　玉盤《ぎょくばん》に挂《かか》る

太閤秀吉は、殿舎の欄干にもたれて茫然自失。死にゆく愛息の鶴松のことで頭が一杯だ。通天橋付近は紅楓が盛りで、仏塔の上には満月が輝いている。が、それらは秀吉の目には入らない。

第二句の「孤鞍と作る」とは連れのいない騎馬武者になること、転じて一人であの世に旅立つこと。「通天橋」は東福寺の橋廊で、秋は紅葉の名所である。「相輪」は仏塔の先端にあるらせん形の金属柱で、「挂」はぶら下がること。相輪が満月に連なるイメージを思い浮かべ作詩した。

後半二句は、東福寺の景物の描写であり、権力の絶頂期にある秀吉の威光を示す。紅楓はやがて落葉し、満月も欠ける。それは権力の衰退を暗示する。鶴松を失った秀吉は、失意を振り払うように周囲の反対を押し切って朝鮮出兵を決意する。

江戸中期の僧呂・売茶翁《ばいさおう》（一六七五〜一七六三）は、東福寺に立ち寄ったときにお茶をたて、そのときの情景を七言絶句「東福寺《とうふくじ》で遊《あそ》び茶《ちゃ》を煮《に》る」で次のように詠む。

遊東福寺煮茶

松樹穿雲聳碧空
萩花帯露傲秋風
煮茶渓畔汲清冷
孤鶴翩翩来此中

売茶翁（江戸中期）

松樹《しょうじゅ》　雲《くも》を穿《うが》って　碧空《へきくう》に聳《そび》え
萩花《しゅうか》　露《つゆ》を帯《お》びて　秋風《しゅうふう》に傲《おご》る
茶《ちゃ》を煮《に》　渓畔《けいはん》　清冷《せいれい》を汲《く》めば
孤鶴《こかく》　翩翩《へんぺん》として　此《こ》の中《なか》に来《く》る

松の木が雲をつきぬけ、青空にそびえている。萩の花は露を帯び、秋風の中でおごっている。谷川の清らかで冷たい水を汲んで茶を点てると、鶴までもふわりと舞い降りてくる。

東福寺、通天橋の紅葉
（出所：ウィキペディア、https://ja.wikipedia.org/wiki/ 東福寺）

8　比叡山の除夜の風景

晩秋に京都から比叡山に登った。その日は冷え込みが厳しく、朝早いロープウエイの発着場には小雪が舞っていた。山に登って、諸寺を訪ね歩いたが、根本中堂はあいにく修復中であり、近づくことはできなかった。

東京に戻ったあと、比叡山について少し調べてみた。そして、次の七言絶句「延暦寺《えんりゃくじ》根本中堂《こんぽんちゅうどう》」を得た。現地で実景を詠んだものではない。（二〇一六年冬作）

延暦寺根本中堂

叡山日暮雪霏霏
東塔蕭蕭華似飛
僧俗追儺篝火下
鐘声除歳人未帰

叡山《えいざん》日暮《ひく》れ　雪霏々《ゆきひひ》たり
東塔《とうとう》蕭蕭《しょうしょう》として　華飛《はなと》ぶに似《に》たり
僧俗《そうぞく》追儺《ついな》す　篝火《かがりび》の下《した》
鐘声《しょうせい》歳除《さいつ》くも　人未《ひといま》だ帰《かえ》らず

比叡山は日暮れて雪がしきりに降る。東塔地域は風がひゅうひゅうと吹いて雪が華のように舞い飛んでいる。参拝客が僧侶と一緒になって篝火の下で悪鬼を退治し、除夜の鐘でもって新しい年を迎えたが、参拝客はまだ帰ろうとしない。

延暦寺根本中堂
(出所: 比叡山延暦寺フリー素材写真、https://www.hieizan.or.jp/page-gallery)

この詩を作ったときに、荻生徂徠の「東都四時楽」を読んでおり、この七言絶句は、徂徠詩の「其四」(冬の墨田川)と同じ韻字を使用して次韻詩にした。

第二句の「蕭蕭」は風がひゅうひゅうと鳴る様子をいい、第三句の「僧俗」は僧侶と参拝客のこと。「追儺《ついな》」とは、年末・年始に、火を焚いて悪い虫や鬼を追い払う民間信仰にもとづく儀式で、延暦寺では「鬼追式《きついしき》」と呼ばれているそうだ。「除歳《じょさい》」(第四句)は年が明けることで、除夜と同じ意味である。

近年、除夜の鐘を目的にして寺社参りを行い、有名寺院では参拝客が境内で年を越すことも珍しくない。しかし、交通が発達していない、昔の南船北馬の時代には、旅先で新年を迎えるのはわびしい限りであったろう。
そのような哀感を詠んだ名詩の一つが、唐代の詩人高適《こうせき》（七〇七?～七六五）が詠んだ七言絶句「除夜《じょや》の作《さく》」である。高適は、旅先で迎える大晦日を次のように詠む。

除夜作

旅館寒燈独不眠
客心何事転凄然
故郷今夜思千里
霜鬢明朝又一年

盛唐・高適

旅館《りょかん》の寒燈《かんとう》　独《ひと》り眠《ねむ》らず
客心《かくしん》　何事《なにごと》ぞ　転《うた》た凄然《せいぜん》たる
故郷《こきょう》　今夜《こんや》　千里《せんり》を思《おも》う
霜鬢《そうびん》　明朝《みょうちょう》　又一年《またいちねん》

旅先の宿の寒々とした灯りのもと、独り除夜を迎えていると、いよいよ寂しさが増すばかり。今夜は大晦日、故郷では家族が遠く旅に出ているわたしのことを気にかけていることだろう。夜が明けると、白髪の老いの身にまた一つ年が重ねられる。

作者の高適は、晩成の詩人である。酒好きで、「年五十にして始めて詩を作ることを学び」と書物に書かれている。仕官は遅かったものの、その後は順調に出世し、多くの有名な詩を残している。彼の転身のきっかけは、李白や杜甫などの詩人たちとの親密な交流だったと言われている。

9　厳島神社の秋景

安芸の宮島はいうまでもなく日本三景の一つ。神社を中心に前面の海と後背の弥山に囲まれた区域が、一九九六年に世界遺産に登録された。世界遺産登録から数年後、広島で会合があり、厳島神社にも足をのばした。

その日はまさに秋晴れで、汗ばむ陽気であった。周囲を青い海と紅葉にかこまれ、丹塗りの柱、皮桧葺《ひはだぶき》のえび茶色の屋根は、まさに絵に描いたようなコントラストであった。そのときの印象を詠んだのが次の五言律詩で、わたしにとって初めての自詠の五言律詩である。（二〇〇二年秋作）

厳島神社

山高灘瀬急
社殿襟腰中
潮満波頭宇
潮干浦上宮
丹塗映碧水
桧葺和黄叢
鹿苑回廊下
秋陽影不窮

山高《やまたか》く 灘瀬《たんらい》 急《きゅう》にして
社殿《しゃでん》 襟腰《きんよう》の中《うち》
潮満《しおみ》つれば 波頭《はとう》の宇《いえ》
潮干《しおひ》けば 浦上《ほじょう》の宮《みや》
丹塗《にぬ》りは 碧水《へきすい》に映《は》え
桧葺《かいしゅう》は 黄叢《こうそう》に和《なご》む
鹿苑《ろくえん》 回廊《かいろう》の下《した》
秋陽《しゅうよう》 影窮《かげきわ》まらず

弥山は高く、周囲を瀬や灘がめぐり、潮の流れが急である。厳島神社の社殿はその山懐に抱かれるようにある。満潮になると社殿は海上にそびえたつ建物となり、干潮になると砂浜の上の宮殿となる。丹塗りの柱が青い海の水に映え、桧の皮で葺いたえび茶色の屋根が草むらの黄葉とよく調和している。回廊の下には鹿が群れ遊び、秋の日の長い影がどこまでも続いている。

幕末に広島で生まれ、維新後に広島県知事にもなった明治時代の政治家浅野坤山《あさのこんざん》（一八四二〜一九三七）が厳島を七言絶句で詠んでいる。

厳島

浅野坤山（明治）

遥観鼇背一蓬莱
靉靉雲煙擁瑞台
月落長廊湾上静
万燈星列照波来

遥《はる》かに鼇《うみがめ》の背《せ》をみれば一蓬莱《いちほうらい》
靉靉《あいあい》たる雲煙《うんえん》　瑞台《ずいだい》を擁《よう》す
月《つき》は長廊《ちょうろう》に落《お》ち　湾上《わんじょう》静《しず》かなり
万燈《ばんとう》の星列《せいれつ》　波《なみ》を照《て》らして来《き》たり

遠くからみると海亀《うみがめ》の背のようでもあり、不死の仙人の住む蓬萊山のようでもある。たなびく雲煙は厳島神社の楼台を覆っているかのよう。夜になると月は長い廊下を照らし、湾の上は静かである。幾万もあろうかと思われる燈籠《とうろう》の明かりが星座のように波に映って美しく動いている。

厳島神社、客神社祓殿（国宝）（出所：ウィキペディア、https://ja.wikipedia.org/wiki/ 厳島神社）

「厳島神社」詩は、題名通り、潮の満ち引きによって変わる神社の印象を詠んだものであるが、浅野坤山の「厳島」詩は、島全体を遠景にし、昼と夜で変わる光景を詠んでいる。

10　出雲大社

松江での会合に参加した後、出雲大社に足をのばした。

縁結びの神様としての大社信仰を題材にして一首を詠もうと考えていたが、大社参拝の形式が「二礼四拍一礼」であると聞き、それを盛り込んだ漢詩を作ることにした。多分に、数字遊びの感がなくもないが、次のように作詩した。

（二〇一三年夏作）

出雲大社

行人列列午陰中
二拝四拍一拝同
今歳本堂新葺屋
桧皮重畳大遷宮

出雲大社本殿（出雲観光協会提供）

行人列々《こうじんれつれつ》たり　午陰《ごいん》の中《うち》
二拝《にはい》　四拍《しはく》　一拝《いっぱい》を同《おな》じうす
今歳《こんさい》　本堂《ほんどう》　新葺屋《しんしゅうおく》
桧皮《ひはだ》　重畳《ちょうじょう》たり　大遷宮《だいせんぐう》

大社の参拝客は昼下がりの日陰の中、列を成して大社にお参りする。皆同じように、二拝をして柏手を四回打ち、最後に一礼して願をかけるのである。今年は、大社本殿の屋根を六十年ぶりに全改装し、桧皮を何層にも重ねて吹き替える大遷宮の年である。

この漢詩を作詩するにあたり、参考にしたのが、李白（七〇一〜七六二）の有名な「一杯一杯復一杯」という七言絶句である。李白は「山中《さんちゅう》に幽人《ゆうじん》と対酌《たいしゃく》す」詩で次のように詠む。

山中与幽人対酌

盛唐・李白

両人対酌山花開
一杯一杯復一杯
我酔欲眠卿且去
明朝有意抱琴来

両人《りょうじん》 対酌《たいしゃく》すれば 山花《さんか》開《ひら》く
一杯《いっぱい》 一杯《いっぱい》 復《ま》た一杯《いっぱい》
我《われ》酔《よ》い 眠《ねむ》らんと欲《ほっ》す 卿《きょう》且《しばら》く去《さ》れ
明朝《みょうちょう》 意《い》有《あ》れば 琴《こと》を抱《いだ》いて来《き》たれ

世捨人の君と向かい合って山中で酒を酌み交わしていると、山中の草木の花が色を添えてくれる。気が大きくなって、一杯一杯また一杯と、つい杯を重ねてしまった。酔いが回ってきたらしく眠くなった。今日のところはひとまず帰ってくれ。気が向いたら明日の朝に琴をもってくればいい。

「出雲大社」詩には、桧皮《ひはだ》や大遷宮《だいせんぐう》という和語が使用されており、しかも柏手《かしわで》という神社信仰特有の用語がある。日本でしか理解されない内容であろう。漢語に「三拝九叩」

（三回拝んで九回頭を地につける）という四字熟語があるが、柏手を打つという所作は日本特有のものである。

11　太宰府天満宮

太宰府は、菅原道真公が左遷・謹慎を強いられた場所であり、名詩が生まれた場所でもある。また、中国・長安での留学を終えて帰国した空海が拘留された処でもあり、ぜひ訪問したいと思っていた。

会合が福岡市で開かれるのを幸いに、太宰府天満宮に足をのばした。そのときの印象をまとめたのが次の七言絶句「太宰府天満宮《だざいふてんまんぐう》に詣《もう》でる」である。（二〇一〇年夏作）

詣太宰府天満宮

静境欄干万朶符
客人成列願区区
管家累代文章士
富貴在天豈掌乎

静境《せいきょう》の欄干《らんかん》　万朶《ばんだ》の符《ふ》
客人《かくじん》列《れつ》を成《な》し　区々《くく》を願《ねが》う
菅家《かんけ》累代《るいだい》　文章《ぶんしょう》の士《し》
富貴《ふうき》天《てん》に在《あ》り　豈掌《あにしょう》せんや

太宰府天満宮、絵馬（出所：ウィキペディア、https://ja.wikipedia.org/wiki/太宰府天満宮）

境内の欄干には合格祈願の絵馬が鈴なりになって吊るされている。観光客も列を成して本殿にお参りし、それぞれの願い事を祈願している。菅家は代々、朝廷の文章を作成する学者の家系。富や身分は天が決めるものである。どうしてこまごまとした願い事をかなえてもらえようか。

太宰府での道真公の謫居生活は、凄惨きわまりないものであったという。しかし、都に残した家族や縁者のことを考えると、流人としての生活に不満を述べることができず、詠まれた漢詩には鬱積《うっせき》した心情が底流に流れているようだ。

そのような心境を読み取れるのが太宰府で詠んだ七言絶句「雁《かり》を聞《き》く」である。

聞雁

菅原道真（平安）

我為遷客汝来賓
共是蕭蕭旅漂身
欹枕思量帰去日
我知何歳汝明春

我《われ》は遷客《せんきゃく》為《た》り　汝《なんじ》は来賓《らいひん》
共《とも》に是《こ》れ　蕭々《しょうしょう》として　旅漂《りょひょう》の身《み》
枕《まくら》を欹《そばだ》てて　思量《しりょう》するは　帰去《ききょ》の日《ひ》のみ
我《われ》は何《いず》れの歳《とし》なるかを知《し》り　汝《なんじ》は明春《みょうしゅん》

わたしは罪を得て左遷された者、汝（雁）は遠い北方から渡ってきて越冬する客人。共にものさびしく旅に漂う身の上ではあるが、わたしは、枕の端を立てて傾け、いつの日に都に戻れるだろうかと帰る日のことばかり考えている。それが何時の歳になるかはわからないが、汝（雁）は来年の春にはふるさとに帰ってゆくのだ。

第二章

東都佳景

1　上野東照宮ぼたん苑

上野東照宮は徳川家光が建立した。明治維新の混乱や関東大震災・東京大空襲などの災禍を奇跡的に逃れ、創建当時の社殿が今もそのまま残されている。境内にぼたん苑があり、冬と春にぼたん祭が開かれる。

ぼたん苑の寒牡丹を見たときの感慨を次のように七言絶句に詠んでみた。（二〇一九年春作）

見寒牡丹

正月花王発向天
紅黄白紫色争妍
簾中疑是長安苑
半日徘徊莫執鞭

正月《しょうがつ》花王《かおう》　天《てん》に向《む》かいて発《ひら》き
紅黄《こうおう》白紫《はくし》　色妍《いろけん》を争《あらそ》う
簾中《れんちゅう》疑《うたが》うらくは是《こ》れ　長安《ちょうあん》の苑《その》かと
半日《はんにち》徘徊《はいかい》して　鞭《むち》を執《と》ること莫《な》し

初春の令月、牡丹は天に向かってひらく。紅、黄、白、紫と花の色は美しさを競うようだ。よしず張りの苑内では、唐の都長安の牡丹苑にでもいるような思いにさせられる。半日、行ったり来たりしていると、ほかのところに移ろうなどという気にはとてもならない。

上野東照宮ぼたん苑の公式ウェブサイトによれば、牡丹には二期咲きの性質をもつ品種があるそうで、冬咲きのものを寒牡丹と呼ぶ。寒牡丹の花は自然環境に大きく左右されるため開花率が低い。そこでぼたん苑では、春夏に寒冷地で開花を抑制し、秋に温度調整して冬の着花に備えているという。花の少ない冬場に来場者が寒牡丹を楽しめるのも、このような見えない地道なご苦労があったからこそである。

中国では古来、牡丹は「百花の王」または「花王」と呼ばれた。唐代、官僚の登用試験である科挙の試験に合格した者には、ご褒美として長安にある貴族の牡丹園を自由に見学することが許された。

中唐の詩人・孟郊《もうこう》（七五一～八一四）は、四十六歳で科挙の試験に合格したときのよろこびを、「かつては日々、受験勉強のため齷齪《あくせく》していた。それは何の自慢にもならない。しかし、合格の知らせを知った今日は解放され、希望は果てしなくひろがる。春風を全身に受け、得意この上なく疾風のごとく馬を走らせ、長安の牡丹の名園を一日で見尽くして

寒牡丹（上野東照宮ぼたん苑提供）

しまった。」（昔日齷齪不足誇、今朝放蕩思無涯。春風得意馬蹄疾、一日看尽長安花。）と詠む。

わたしの「見寒牡丹」詩は、孟郊詩の第四句を踏まえている。「莫執鞭」とは馬の鞭を持たないことで、転じて急がないという意味である。

唐の時代には百花の王と呼ばれた牡丹であるが、日本では必ずしも「花王」の地位を得ていない。江戸時代の儒者である頼春水《らいしゅんすい》（一七四六～一八一六）は、その理由を次のように説明している。

牡　丹

頼　春水（江戸）

錦幄彫欄豪貴家
李唐当日競粉華

錦幄《きんおく》　彫欄《ちょうらん》　豪貴《ごうき》の家《いえ》
李唐《りとう》　当日《とうじつ》　粉華《ふんか》を競《きそ》う

東方別有桜花在
未許渠儂王百花

東方《とうほう》　別《べつ》に桜花《おうか》の在《あ》る有《あ》り
未《いま》だ許《ゆる》さず　渠儂《きょのう》の百花《ひゃっか》に王《おう》たるを

富豪の家の花壇には錦の幕が引かれ、美しく彫った欄干で牡丹を護る。殊に唐の時代にあっては、富貴の家が互いに華奢を競ったものだ。東方の日本には、別に桜花という名花があるので、未だに彼の牡丹に百花の王という名を許していない。

2　皇居東御苑で赤穂事件を憶う

かつての江戸城内には大廊下がいくつもあった。「松之大廊下」はその一つである。本丸御殿の大広間から白書院（将軍との謁見場）まで、全長約五十メートル、幅四メートルほどの畳敷の廊下で、廊下沿に松と千鳥絵の襖絵があったことからそう呼ばれた。

赤穂事件はこの廊下で起きた刃傷事件である。元禄一四（一七〇一）年三月、赤穂藩主で勅使饗応役の浅野内匠頭が、この廊下で吉良上野介に切りつけたことに由来する。

この事件で赤穂浅野家は改易となり、のちに赤穂浪士の討ち入りにつながる。現在、かつての江戸城の本丸付近は皇居東御苑として一般に開放されている。その中に「松之大廊下跡」の石碑がある。

皇居周辺散歩をしたときの印象をまとめたのが次の七言絶句である。（二〇一九年夏作）

松之廊下碑

浅野殿中刺吉良
直聞下命絶藩蔵
旧時禁裏今公苑
一札草間語乱行

浅野《あさの》 殿中《でんちゅう》にて 吉良《きら》を刺《さ》す
直《ただ》ちに聞《き》く 藩蔵《はんぞう》を絶《た》つとの下命《かめい》を
旧時《きゅうじ》の禁裏《きんり》 今《いま》 公苑《こうえん》
一札《いっさつ》 草間《そうかん》 乱行《らんこう》を語《かた》る

浅野内匠頭は殿中で吉良上野介を殺傷した。直ちにお家取り潰しの下命となった。当時の禁裏も今は東御苑として一般に公開され、草の中に標石が過去の乱行を語る。

浅野内匠頭が吉良上野介を殿中で切りつけた赤穂事件は将軍綱吉の逆鱗に触れ、浅野は即日切腹を命じられ、赤穂藩は取り潰しとなった。一方の吉良はお咎めなしのため、赤穂事件は「忠臣蔵」に代表される勧善懲悪の復讐劇に脚色されたのはご承知のとおりである。

そこでは浅野家の旧藩士は義士として描かれている。
そのような義士を詠んだ漢詩の一つに大塩平八郎の七言絶句「四十七士《しじゅうしちし》」がある。

四十七士

臥薪嘗胆幾辛酸
一夜剣光映雪寒
四十七碑猶護主
凜然冷殺奸臣肝

大塩平八郎（江戸）

臥薪嘗胆《がしんしょうたん》　幾辛酸《いくしんさん》
一夜《いちや》の剣光《けんこう》　雪寒《せっかん》を映《うつ》す
四十七碑《しじゅうしちひ》　猶主《なおぬし》を護《まも》り
凜然《りんぜん》　冷殺《れいさつ》　奸臣《かんしん》の肝《きも》

「松之大廊下跡の石碑」
（赤間廣氏撮影）

浪士は薪の上に寝て、苦い肝をなめるような辛酸を何度味わったことだろう。討ち入りの夜、彼らの抜き払った刀は、雪を冷えびえと照らしていた。四十七士は死んでもなお主君を守っており、その凜々しく厳しい生き様を見れば、よこしまな思いをもつ臣下は肝を冷やさずにおられまい。

3　千鳥ヶ淵の春の息吹

千鳥ヶ淵は皇居の北西部にある。江戸時代には半蔵壕とつながっていたお堀で、明治時代になって道路建設のために二分されて現在の形になったという。その形が千鳥に似ていることから千鳥ヶ淵と呼ばれるようになった。

お堀端の土手にはソメイヨシノや山桜が植えられ、現在では都内でも有数の桜の名所となっている。満開の桜も見事だが、散った花びらで水面が覆い尽くされる花筏《はないかだ》も好ましい。

また、花が咲く前の艶な風情も捨てがたい。

開花直前の千鳥ヶ淵を詠んだのが次の漢詩である。（二〇一六年春作）

千鳥ヶ淵

皇城三月日輝輝
時有残寒不要衣
夜雨連明池水漲

皇城《こうじょう》の三月《さんがつ》　日輝輝《ひきき》たり
時《とき》に残寒《ざんかん》有《あ》るも　衣《い》を要《よう》せず
夜雨《やう》　明《めい》に連《つら》なり　池水《ちすい》漲《みなぎ》る

桜林淡粧著花稀

桜林《おうりん》　淡粧《たんしょう》　花《はな》を著《つ》けること稀《まれ》なり

皇居も三月になると、日差しがきらきら輝くように感じられる。時に寒の戻りがあるものの、冬衣はもう要らない。夜来の雨が明け方まで続き、お堀の水がみなぎるようだ。桜の木々はうっすらと化粧をしたようにけむるが、まだ花は着けていない。

お堀端の桜（著者撮影）

この詩の第四句の「淡粧」は、北宋・蘇軾《そしょく》（一〇三七～一一〇一）の漢詩をふまえている。蘇軾はそこで次のように詠む。「水の光はさざなみを浮かべたようであり、晴れた日にこそ好ましい。山の景色もそぼふる雨につつまれてひときわ好い眺めである。西湖の姿を、歴史上の美女である西施にたとえるならば、淡化粧であっても厚化粧であっても、どちらも風情がある。」

大正天皇は歴代天皇の中で最も多い千三百余の漢

詩を残した「文人天皇」として知られている。その中から、御苑の中で詠んだ「園中《えんちゅう》即事《そくじ》」を読んでみよう。

園中即事

大正天皇（大正）

知是梅雨断
雲散禁園晴
千章夏木秀
已聞早蝉鳴
緑陰佇立処
黄梅摽有声

知《し》る　是《こ》れ　梅雨《つゆ》の断《た》ゆるを
雲散《くもさん》じて禁園《きんえん》晴《は》る
千章《せんしょう》　夏木秀《かぼくひい》で
已《すで》に聞《き》く早蝉《そうぜん》の鳴《な》くを
緑陰《りょくいん》　佇立《ちょりつ》する処《ところ》
黄梅《おうばい》　摽《お》ちて声有《こえあ》り

梅雨も明けたようだ。雲が切れ宮苑は晴れてきた。たくさんの木々は多く茂り、はや蝉も鳴き出した。緑の木陰にたたずむと、時に黄梅の落ちる音が聞こえる。

これは大正三年に皇居御苑で作られたものだという。随所に古典が折り込められている。例えば、第三句の「千章夏木秀」は杜甫詩の「千章夏木清」を、第六句の「黄梅摽有声」は『詩経』（召南・摽有梅）の「摽有梅、其実七」を踏まえているという。五言六句の詩型も斬新である。

4　石神井川親水公園の桜花

石神井川《しゃくじいがわ》は、東京・小平市を水源にして荒川に注ぐ全長三十キロ弱の都市河川である。下流の王子付近にはかつて小さな滝がいくつもあった。「王子七滝」と呼ばれ、その一つが「不動の滝」である。現在の北区滝野川の正受院本堂裏にあった。江戸時代の書物（『江戸名所図会』）にはそのたたずまいが記載されている。その部分を現代文に直して引用する。

正受院の本堂の後方の坂を下って数十歩も行くと滝がある。水が勢いよく、しかもよどみなく流れ、岸壁にほとばしる。この辺りは常に木々がうっそうと繁り、日差しが遮られ、青いなめらかな苔が一面に蔽っていて、あまり人も立ち入らない。

石神井川は明治時代まで、水遊びができるほどの清流であった。浮世絵に滝見をする大人や川遊びをする子供が描かれている。その後、大正時代から近代的な製紙工場が建ち、付近の様相がすっかり変わった。

現在、石神井川は、川底が深く掘り下げられ、コンクリートで護岸されている。そのお陰で住民は氾濫に悩まされることが無くなった。川沿いに遊歩道が整備され、散歩を楽しむことができる。川沿いに林立する桜花は見事で、近くの飛鳥山公園とならび、春の名所の一つである。

桜が満開の遊歩道を散歩していたときに病床に伏せている母を思い、詠んだのが次の七言絶句「感慨《かんがい》」である。(二〇〇七年春作)

感慨

岸辺五里連綿桜
千朶濃華倚水盛
願届春光故里母
多年牀上未分明

岸辺《がんぺん》　五里《ごり》　連綿《れんめん》たる桜《さくら》
千朶《せんだ》の濃華《のうか》　水《みず》に倚《よ》りて盛《さか》んなり
願《ねが》わくば　故里《こり》の母《はは》に春光《しゅんこう》を届《とど》けん
多年牀上《たねんしょうじょう》　未《いま》だ明《めい》を分《わ》けず

石神井川沿いに整備された遊歩道には桜の樹が連綿とつづく。無数の枝先に、細やかな桜花がつき、川面に向かって咲き誇っている。この春の光景を、故郷の母親に見せてやりたいものだ。長年寝たきりで、季節の移ろいにも気がつかなくなっているだろう。

石神井川沿いに寿徳寺がある。この寺は谷津子育観音を本尊とするもので、その歴史は古く鎌倉時代に遡る。江戸時代には西国三十三番観音札所の第十二番目の巡礼地として多くの信仰を集め、昭和の初期までその賑わいは続いたという。

谷津大観音（著者撮影）

平成の時代になって、川沿いの参道脇に大観音の座像が建立された。地域の人々や遊歩道を散歩する人たちが折々に立ち止まり、手を合わせている。

寿徳寺は新選組局長であった近藤勇の菩提寺でもあり、寺の入口には近藤勇の石碑が建っている。

江戸時代に桜の名所とされていたのが隅田川東岸にある「墨堤」である。墨堤は、八代将軍徳川吉宗が庶民の楽しみのために桜などを植えさせたもので、浮世絵にもその賑やかさが描かれている。

江戸時代の儒学者・亀田鵬斎《かめだほうさい》（一七五二〜一八二六）は、墨田堤に咲き誇った桜を「隅田堤《すみだつつみ》の桜花《おうか》に題《だい》す」の中で次のように詠んでいる。

題隅田堤桜花

亀田鵬斎（江戸後期）

長堤十里白無痕
訝似澄江共月渾
飛蝶還迷三月雪
香風吹度水晶村

長堤《ちょうてい》　十里《じゅうり》　白《しろ》くして痕《あと》無《な》し
訝《いぶか》る　澄江《ちょうこう》　月《つき》と共《とも》に渾《とけ》るに似《に》たるを
飛蝶《ひちょう》　還《ま》た迷《まよ》う　三月《さんがつ》の雪《ゆき》
香風《こうふう》　吹《ふ》き度《わた》る　水晶《すいしょう》の村《むら》

隅田川沿いの長い土手いっぱいに桜の花が隙間なく咲き、月が清く澄んだ川の流れと渾然一体となって流れているのではないかと思うほどである。飛び舞う蝶は、季節外れの雪が降り積もったかのような桜に迷い込み、かぐわしい桜の香りは風とともに美しい村にゆきわたる。
この墨堤で開かれた観桜会を描写した漢詩については次節の飛鳥山の風景で述べる。

5　飛鳥山の風景　三首

其の一（飛鳥山の桜花）

飛鳥山の佐久間象山詩碑
「象山先生櫻賦」（著者撮影）

飛鳥山公園は、東京都北区にある区立公園である。徳川吉宗の時代に行楽地として整備され、明治六年に日本最初の公園の一つに指定された。園内に残る渋沢栄一の旧邸の遺構は国の重要文化財に指定されている。今でも都内の桜の名所の一つとして春には多くの人が訪れる。

その飛鳥山公園の桜見物の模様を詠んだのが次の七言絶句「飛鳥山《あすかやま》の

桜花《おうか》」である。花見客の一群が鉛筆をなめながら短冊を片手に句作りしている光景をイメージしたもので、紙コップを手に大いに盛り上がる実景とはいささか風情が異なっている。
(二〇一八年春作)

飛鳥山桜花

全山春色遍桜桃
樹下人同楽野遭
借問華園何為客
雖非文士意猶高

全山《ぜんざん》 春色《しゅんしょく》 桜桃遍《おうとうあま》ねし
樹下《じゅか》 人同《ひとあつ》まり 野遭《やそう》を楽《たの》しむ
借問《しゃもん》す 華園《かえん》 何《なに》を為《な》す客《かく》ぞ
文士《ぶんし》に非《あら》ざると雖《いえど》も 意《こころざし》猶《な》お高《たか》し

飛鳥山は満開の桜の花で春爛漫。桜の樹の下に人が集まり、野外の出会いを楽しんでいる。ここに集まっているのはどういう人たちかと尋ねてみると、文士気取りで一句ひねってみようという意気軒昂の人たちですよ、との返事が返ってきた。

前節(4)の「親水公園の桜花」で触れた「墨堤」での観桜会について、次のような記録が残されている。

時は明治十一年四月十六日。東京・向島は夜来の雨もあがり、昼過ぎには絶好の花見日和となった。花見客の中に、明らかに中国人とわかる弁髪の一行がいた。彼らは墨堤での花見を終えると近くの料亭に場所を移し、宴席での観桜会となった。宴席の主は大河内《おおこうち》輝声《てるな》。旧高崎藩の最後の藩主である。客人は清国の外交官―何如璋《かじょしょう》公使、張斯桂《ちょうしけい》副公使、黄遵憲《こうじゅんけん》書記官―である。黄遵憲は清を代表する漢詩人としても著名で、明治十年に来日してから四年間外交官として在留した。日本での見聞をもとにした漢詩約二百首を「日本雑事詩」にまとめている。

宴席での歓談は筆談で行われた。話題は、日本の歴史、文化、社会などに広がり、盃を重ねるうちに興が昂じ、桜（漢語では「桜桃」）を題とする次韻詩を作ることになった。発表の順番はくじを引いて決め、張副公使、何公使、黄書記の順での発表となった。

張副公使は、七言絶句で「春風花事桜桃《しゅんぷうかじおうとう》に酔《よ》い、人影衣香《じんえいいこう》此の遭《そう》快《こころよ》し、帰り去るに花を携《たずさ》え伴《ともな》わんと欲《ほっ》すれば、枝を折るを怕《おそ》れず樹頭《じゅとう》高し」と詠んだ。脚韻は「桃・遭・高」に決まった。後続の何公使、黄書記がそれぞれ即興の次韻詩を詠み上げた。

最後に席主の大河内が次の七言絶句「桜桃《おうとう》」を詠んで座を締めた。

桜 桃

大河内輝声（明治）

墨堤十里放鶯桃
詩酒来遊快此遭
博得華筵才子賦
洛陽紙価一時高

墨堤《ぼくてい》 十里《じゅうり》 鶯桃《おうとう》を放《はな》ち
詩酒《ししゅ》 来《き》たりて遊《あそ》ぶ 此《こ》の遭《そう》 快《こころよ》し
華筵《かえん》 才子《さいし》の賦《ふ》を博《ひろ》く得《え》て
洛陽《らくよう》の紙価《しか》 一時《いちじ》高《たか》し

墨田の堤は十里にわたり鶯と桜が飛び交い、酒席で詩を詠むこの集いはなんとも心地よい。この晴れやかな宴席（華筵）に臨席した才子がそれぞれ即席の詩を発表したので、洛陽の都の紙価も一時値が上がるだろう。

「洛陽紙価」とは、詩文が発表されると市中で話題になり、筆写が盛んに行われるために都洛陽の紙の価格が上がったという意味である。大河内はその故事を巧みに折り込み、客人をもてなす詩を仕上げたのである。その技量たるや見事という他はない。明治期の教養人の知的レベルの高さを物語っている。大河内の生涯にわたる筆談録はすべて「大河内文庫」（和綴じ本百冊余）として残されているという。

わたしの七絶「飛鳥山桜花」は、大河内が開いた観桜会で詠まれた漢詩に次韻したものである。時代も場所も異なるが、時空を超えて墨堤での観桜会に飛び込み参加した気分で作詩した。

其の二（紫陽花）

飛鳥山は、ＪＲ京浜東北線・王子駅のすぐ前にある。駅のホームから見ると東側は急な斜面だが、西側はなだらかな公園となっている。駅付近は縄文時代には海浜だったようで、隣接する地域では貝塚が発見されている。当時、飛鳥山の台地は南北に連なる海岸段丘であったのだろう。

その段丘が石神井川で南北に分断され、現在のような台地となった。南の台地には桜が植えられて飛鳥山となり、北の台地には権現様や稲荷様を祀る神社（王子神社・王子稲荷神社）が建立され、明治時代まで川遊びと滝巡りができる景勝地であった。

飛鳥小径の紫陽花
（東京都北区役所観光課提供）

明治時代初期には日帰りのできる郊外のリゾート地として外国人外交官にも知られ、シュリーマン（トロイア遺跡を発掘したドイツの探検家）も一八六五年六月に飛鳥山まで足をのばしている（『シュリーマン旅行記　清国・日本』講談社学術文庫）。

飛鳥山は上野公園と並ぶ都内の桜の名所であるが、梅雨時の紫陽花もなかなか風情がある。東面の山すその小径沿いに千三百株もの紫陽花が植えられていて、見頃になると結構な人出となる。そのときの光景を詠んだのが次の七言絶句「紫陽花《あじさい》」である。

紫陽花

山裾小径樹叢斜
満葉如鱗弁漸華
日夕遠雷催夜雨
朝周麗色紫陽花

山裾《さんきょ》の小径《しょうけい》　樹叢《じゅそう》斜《なな》めなり
満葉《まんよう》　鱗《うろこ》の如《ごと》く　弁《かんむり》　漸《ようや》く華《はな》ひらく
日夕《にっせき》　遠雷《えんらい》　夜雨《やう》を催《もよお》し
朝《あした》に麗色《れいしょく》　周《あまね》し　紫陽花《あじさいのはな》

飛鳥山の山裾の小径に紫陽花の樹が斜めに並ぶ。密集した葉はまるで鱗のようであり、花弁にようやく花がつき始めた。夕方になって遠くに雷鳴が聞こえてきたので、今夜は雨になりそうだ。明日には紫陽花の花がきれいに咲き揃うことだろう。

この詩は、南宋の楊万里《ようばんり》（一一二七～一二〇六）の七言絶句「道旁の店《どうぼうのみせ》」と同じ韻目の脚韻を用いた和韻詩である。楊万里は紫薇《しび》の花（さるすべり）を次のように詠んでいる。

道旁店

南宋・楊万里

路傍野店両三家
清暁無湯況有茶
道是渠儂不好事
青瓷瓶挿紫薇花

路傍《ろぼう》の野店《やてん》　両三家《りょうさんけ》
清暁《せいぎょう》　湯《ゆ》無《な》し　況《いわん》や茶《ちゃ》有《あ》らんや
是《こ》れ渠儂《かれ》　好事《こうず》ならずと道《い》うなかれ
青瓷《せいじ》の瓶《びん》に挿《さ》す　紫薇《しび》の花《はな》

道ばたに田舎の茶店が二、三軒並んでいる。朝早いためかお茶はもとより白湯《さゆ》もない。この店のおやじはよほど無粋な男かと思いきやさにあらず。青磁の瓶にまっかな紫薇の花（百日紅）が活けてある。

第三句の「渠儂」は一字ずつでも「かれ」の意味で、江南地方では「おやじ」を意味する俗語らしい。商売気のない田舎者と見下してはいけないよという自戒が読み込まれているのだろうか。

楊万里はすぐれた政治家であり、異民族である金による支配に反発した硬骨漢としても知られている。直言が災いし早くに中央政界から引退し、故郷で多くの詩を作った南宋の詩人である。

詩風は俗語を大胆に取り入れた軽妙な表現と、意表をつく発想に特色がある。その中には、蝿や雀などの小動物への関心や子供たちへの共感を述べたものなどがあり、小林一茶の俳句と共通するといわれている。

其の三（曖依村荘懐古）

ＮＨＫの大河ドラマ『青天を衝く』の放送が終わり、渋沢栄一ブームも落ち着いてきたようだ。渋沢栄一は、明治十二年から没年の昭和六年まで、王子飛鳥山の邸宅に住んだ。当初、そこは別荘であったがのちに本邸となった。茶亭や観月台をしつらえ、一帯を「曖依村荘《あいいそんそう》」と呼んだ。残念ながら建物のほとんどは東京大空襲で焼失し、現存するのは大正期に建築された西洋茶室の晩香盧と重厚な青淵文庫だけである。

旧邸跡を訪ねたときの感慨を詠んだのが次の七言絶句「曖依村荘懐古《あいいそんそうかいこ》」である。

（二〇二一年秋作）

暧依村荘懐古

山頭別業作家居
茶月亭台接大車
一世佳園塗戦火
当今空竚晩香盧

山頭《さんとう》の別業《べつぎょう》　家居《かきょ》となり
茶月《ちゃげつ》　亭台《ていだい》　大車《たいしゃ》を接《もてな》す
一世《いっせい》の佳園《かえん》　戦火《せんか》に塗《まみ》え
当今《とうこん》　空《むな》しく竚《たたず》む晩香盧《ばんこうろ》

飛鳥山の頂きにあった別荘が本邸となり、そこには茶亭や月見台などがしつらえられ、国を代表する要人が乗った立派な車が多く乗り入れていた。渋沢栄一が一代で築いたこの暧依村荘も戦火で焼失してしまい、今ではむなしく晩香盧が佇んでいるだけだ。

暧依村荘は、実際に民間外交の舞台となった。海外の賓客は米国のグラント第十八代大統領や中国の蒋介石など二百組を超え、晩香盧では日本茶を飲みながらインドの詩人タゴールと語らったといわれている。タゴールはアジア人で初めてノーベル文学賞を受賞した

晩香廬（著者撮影）

詩人であり教養人であった。眺望のよい飛鳥山は賓客を迎えるのに格好の場所だったようだ。

戦後、跡地に渋沢栄一の活動を広く紹介する博物館として「渋沢資料館」が開設され、渋沢栄一の生涯と事績に関する資料が収蔵・展示されている。飛鳥山にある「紙の博物館」「北区飛鳥山博物館」とあわせて「飛鳥山三つの博物館」として知られている。

ＮＨＫは二〇二一年七月、北野天満宮で渋沢栄一の未発表の七言絶句が見つかったとテレビニュースで報じた。それによれば、北野天満宮の神職が書庫の中から見つけたもので、昭和三年の北野天満宮大祭で詠まれたものだという。詩題は不明なのでここでは「無題」と仮置きして引用する。

無　題

渋沢栄一（昭和）

園陵何処拝余光
庭樹春寒鎖夕陽
只喜野梅無世態
東風遍送旧時香

園陵《えんりょう》 何《いずれ》の処《ところ》にて 余光《よこう》を拝《はい》せん
庭樹《ていじゅ》 春寒《しゅんかん》 夕陽《せきよう》を鎖《と》ざす
只喜《ただよろこ》ぶ 野梅《やばい》の 世態《せたい》無《な》きを
東風《とうふう》 遍《あまね》く送《おく》る 旧時《きゅうじ》の香《か》

天皇陵のどこで亡き大正天皇の余光を偲ぶべきか。春とはいえまだ寒が残るのに、庭の木々が夕日を遮っている。ただ嬉しいことに、野外の梅だけは世俗とは無関係に、東風《こち》が吹くと昔と変わらない香りを送ってくる。

この漢詩は亡き大正天皇を偲んだものとされているが、大正天皇の陵《みささぎ》は、「多摩陵」（東京・八王子）である。なぜそれが京都の北野天満宮で詠まれたのかという疑問が残る。そして、なぜこれまでそれが発見されなかったのだろうか。

推測の域を出ないが、北野天満宮の大祭が催された昭和三年は、大正天皇崩御から三年後の「式年祭」の行われた年にあたる。北野天満宮の大祭が大正天皇の式年祭として開催されたのであれば、有力実業家である渋沢栄一が招待され、亡き大正天皇を偲ぶ漢詩を詠み、それが北野天満宮の詩集の中に残されていてもなんら不思議ではない。天皇の式年祭に関連する文書は書庫に秘蔵されたであろうから、これまで人目に触れなかった理由も説

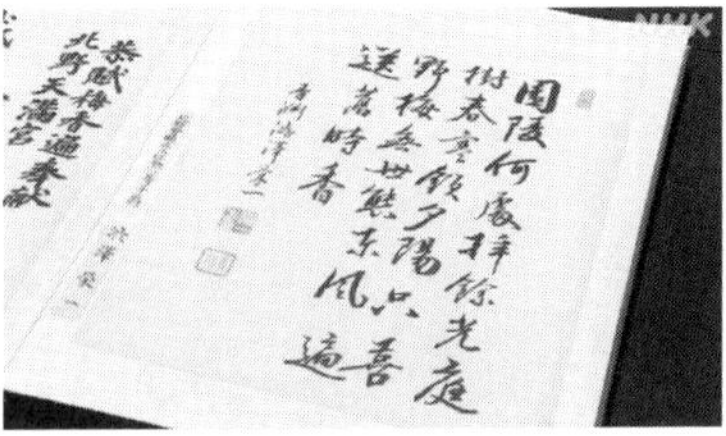

今回見つかった直筆漢詩
（出所：https://www3.nhk.or.jp/news/html/20210720/）

明できる。いずれ詳細が明らかにされることであろう。

北野天満宮のまつる菅原道真公は詩人としても有名で、「東風吹かば　にほひをこせよ　梅の花　主なしとて春な忘れそ」（『拾遺和歌集』巻第十六）の和歌や、七言絶句「九月十日」（一四二頁参照）を残している。

渋沢栄一は、道真公とゆかりの深い北野天満宮での式年祭を意識し、道真公の歌詩から「東風」や「（醍醐天皇から褒美にいただいた御衣の）余香を拝す」などの詩句を引用・援用して一詩を完成させたのだろう。

6　晩秋に旧古河庭園にて詠む

旧古河庭園は東京都北区西ヶ原にある。明治時代の政治家、陸奥宗光（一八四四〜一八九七）の邸宅跡にある。イギリス出身の建築家ジョサイア・コンドル（ニコライ堂を手がけたことで有名）の設計で建てた石造りの洋館と、その前に広がる和洋の庭園から成る。台地の高低差を利用して、上中段に洋風庭園、下段に和風庭園をおいている。バラ園は上段と中段にあり、咲き誇る花壇から見上げる洋館は写真スポットとしても知られている。

　園内のバラは管理が行き届き、晩秋になっても花が咲き揃っている。来園者はカメラで接写したり、顔を寄せて香りを確かめたりと秋の日長を楽しんでいた。そのときに聞こえてきたのが「バラの香りがあまりしないね」という会話である。

　秋冷の中でけなげに咲くバラを弁護したくなり作ったのが次の七言絶句「晩秋《ばんしゅう》の薔薇《ばら》」である。（二〇二一年秋作）

晩秋薔薇

秋天花苑客人多
総対薔薇不欲過
休道芳香何処有
今朝霜降使英摩

秋天《しゅうてん》の花苑《かえん》　客人《かくじん》多《おお》し
総《すべ》て薔薇《ばら》に対《むか》い　過《よぎ》るを欲《ほっ》せず
道《い》うを休《や》めよ　芳香《ほうこう》　何処《いずこ》に有《あ》りやと
今朝《こんちょう》　霜降《そうこう》　英《はなぶさ》を摩《いたま》しむ

秋晴れの下、園内の花壇には多くの人が訪れている。すべての人が薔薇の前にとどまり、前に進もうともしない。薔薇の香りがしないなどと言わないでほしい。早朝に霜が降り、薔薇の花びらも傷んでいるのだから…。

この詩では「霜降」という季語を入れて晩秋の季節感を出してみたが、バラを詠む漢詩は圧倒的に春のものが多い。

その一つに戦国武将として名高い武田信玄（一五二一～一五七三）の「薔薇《しょうび》二首」がある。武将でありながら漢詩にも長けた武田信玄は、典故を交えてバラの花を次のように詠む。

薔薇　其一

武田信玄（安土桃山）

庭下留春暁露濃
浅紅染出又深紅
清香疑自昆明国
吹送薔薇院落風

庭下《ていか》に春《はる》を留《とど》め　暁露《ぎょうろ》濃《こま》やかなり
浅紅《せんこう》　染《そ》め出《だ》して　又深紅《またしんく》
清香《せいこう》　疑《うたが》うは昆明国《こんめいこく》よりかと
吹《ふ》き送《おく》る　薔薇《しょうび》　院落《いんらく》の風《かぜ》

薔薇の花は庭に春を留め、朝露が美しく光る。その花の紅は染められたかのように、あるいは浅くあるいは深い。あまりに清らかな香りがするので、薔薇水という香水を献上したことで有名な昆明国（中国大陸）から漂ってくるのかと疑ったが、庭を吹く風が薔薇の香りを送ってきているのであった。

バラは西洋伝来の花木であり、武田信玄が活躍した時代にはまだ日本に入ってきていない。当時日本に自生するノイバラの花は白か淡紅色だったというからこの詩のように「浅紅染出又深紅」とは詠めないであろう。中国四川省産のコウシンバラ（庚申薔薇、別名「月月紅」）が日本に伝来して栽培されていたというから、信玄が愛でたのは中国由来の庚申薔薇なのかもしれない。

参考までに、薔薇其二を引用する。

薔薇　其二　　　武田信玄（安土桃山）

満院薔薇香露新
雨余紅色別留春
風流謝伝今猶在
花似東山縹渺人

満院《まんいん》の薔薇《しょうび》　香露《こうろ》新《あら》たなり
雨余《うよ》の紅色《こうしょく》　別《べつ》に春《はる》を留《とど》む
風流《ふうりゅう》の謝伝《しゃでん》　今《いま》猶《なお》在《あ》り
花《はな》は似《に》たり　東山《ひがしやま》　縹渺《ひょうびょう》の人《ひと》に

旧古河庭園（著者撮影）

庭いっぱいに咲いた薔薇の花には香りを含んだ新鮮な露がある。雨あがりの花の赤い色は、そこだけ特別に春を留めているようだ。風流で知られた謝安が今なおここにいるかのように、ここの薔薇の花は、東山の薔薇洞に隠棲していた謝安の、はるかに遠く世俗を離れて生きた姿に似ている。

この漢詩も故事を知っていないと理解がむずかしい。「謝伝《しゃでん》」とは東晋の謝安《しゃあん》（三二〇〜三八五）のこと。若い頃は隠棲し、王羲之らと交流を深めたが、四十歳頃に出仕して成功を収めた人物である。謝太伝とも呼ばれる。東山とは、浙江省紹興市の東の山で、山上に薔薇洞があり、謝安はそこに白雲堂・明月堂を建てて隠棲し、宴をもよおしたという。李白の「東山を憶う」詩には、「不向東山久、薔薇幾度花、白雲還自散、明月落誰家」とある。

武田信玄はこれらの故事を駆使して一詩を賦した。まさに文武に優れた才能をもった偉人の面目躍如といえよう。

第四章

歳事有感

1　元旦に富士山を夢見る

会社勤めをしていた頃、スキーに夢中になったことがある。有給休暇のすべてを冬に使い、週末はほぼスキー場で過ごした。シーズンが終わっても残雪を求め、谷川岳の一ノ倉沢や富士山に足をのばした。夏には白馬岳に登り、大雪渓をスキーで滑り降りたこともあった。

残雪スキーはリフトがないので自分の脚だけが頼りである。富士山の残雪スキーの場合には五合目まで車で出かけ、そこからスキーをかついで上った。六合目あたりに雪が残っており、そこで数往復滑ってその日に帰るのである。

そのような原体験があったためか、夢の中に富士山が出てきた。それを踏まえて詠んだのが次の七言絶句「初富士《はつふじ》」である。（二〇二二年春作）

初富士

霊山元旦見威容
白嶺懸天万岳従

霊山《れいざん》　元旦《がんたん》　威容《いよう》を見《あらわ》す
白嶺《はくれい》　天《てん》に懸《かか》り　万岳《ばんがく》　従《したが》う

謹酌屠蘇昂酔夢
乾坤滑破玉芙蓉

初春の富士山（上柳雅誉氏提供）

謹《つつし》んで屠蘇《とそ》を酌《く》めば　酔夢昂《すいむこう》じ
乾坤《けんこん》　滑破《かっぱ》す　玉芙蓉《ぎょくふよう》

元旦の富士山の姿はりっぱであり、威厳がある。白雪を冠した嶺は天空にぶら下がっていて、多くの山々を従えているように見える。最初はつつましくお屠蘇をいただいていたが、いつしか酔いが回り、夢の中で天から地へ一気に富士山を滑り降りていた。

この詩では、前半二句で荘厳な富士山の景観を詠み、後半で屠蘇をいただき夢心地の心象を詠む。著者は夢の中で富士山の山頂から麓まで豪快にスキーで滑走するのである。

「屠蘇」は本来、生薬を漬け込んだ薬用酒で、無病息災を願って正月に飲むものであるが、現代の詩人はおいしいお酒を酔いが回るほどいただいたのである。「乾坤」とは天地のこと。平仄の関係で天地ではなく乾坤とした。「芙蓉」は蓮の花で美称の「玉」をつけて富士山をあらわす。

この七絶は、江戸幕末の儒者・安積艮斎《あさかごんさい》（一七九一〜一八六一）の「富士山」と同じ韻目の漢字を使った和韻詩である。安積艮斎は富士山の神秘性を次のように詠んでいる。

富士山

秦皇採薬竟難逢
東海仙山是此峰
万古天風吹不折
青空一朶玉芙蓉

安積艮斎（江戸）

秦皇《しんこう》　薬《くすり》を採《と》るも　竟《つい》に逢《あ》い難《がた》し
東海《とうかい》の仙山《せんざん》は　是《こ》れ此《こ》の峰《みね》
万古《ばんこ》　天風《てんぷう》　吹《ふ》くも折《お》れず
青空《せいくう》　一朶《いちだ》　玉芙蓉《ぎょくふよう》

秦の始皇帝は不老不死の仙薬を求めたが探し出せなかった。東海に浮かぶ仙山とは富士山のこの峰のことである。古代から天空の風が吹こうとも折れはしない。青い空に咲く一輪の美しい蓮の花。

2　関東学生箱根駅伝

「駅伝」という言葉は、七世紀後半の「駅伝制」に遡る。律令制度を支える中央・地方間の情報伝達システムとして中国から日本に導入され、江戸時代には主要街道の宿場と宿場をつなぐ早馬や飛脚による情報伝達や物流システムとして進化した。その考え方を長距離のリレー競走に導入したのが一九一七年の「東京奠都《てんと》五十年奉祝東海道五十三次駅伝競走」であるという。駅伝は伝統的な意味での歳事とはいえないが、今では正月の国民的行事としてすっかり定着している。

駅伝の祖の早飛脚（出所：葛飾北斎「冨嶽三十六景・隅田川関屋の里」）

次の七言絶句は、青山学院大学が総合優勝した二〇二〇年の箱根駅伝をテレビで見た印象を詠んだもの。箱根路をひた走る現代の学生に声援を送りながら、そのときの感慨を二十八字にまとめてみた。（二〇二〇年春作）

箱根駅伝

無雪微風好駅伝
関東学子欲争先
往還万里箱根路
走復走如韋駄天

雪《ゆき》無《な》く　風《かぜ》微《おだ》やかにして　駅伝《えきでん》に好《よろ》し
関東《かんとう》の学子《がくし》　先《せん》を争《あらそ》わんと欲《ほっ》す
往還《おうかん》　万里《ばんり》　箱根路《はこねみち》
走《はし》り復《ま》た走《はし》ること　韋駄天《いだてん》の如《ごと》し

雪も無く風も弱い、絶好の駅伝日和となった。関東の学生が走路のトップ争いに闘志をもやす。箱根路の往復は万里の長さ。ひたすら走るその姿は、まさに韋駄天のようだ。

安政五年（一八五八）九月七日に始まる安政大獄により、多くの勤王志士が逮捕された。頼三樹三郎《らいみきさぶろう》（一八二五～一八五九）は、過激な主張をする注意人物として逮捕され、江戸送りとなった。三樹三郎（父は漢詩人として有名な頼山陽である）は、そのときの感慨を、「函嶺《かんれい》を過《す》ぐ」で次のように詠んでいる。

前半二句は血気盛んに馬で江戸に駆け上ったときの光景を詠み、後半二句は捕らわれの身となって駕籠にゆすられて箱根の関所を過ぎる情景を詠む。

過函嶺

頼三樹三郎（江戸後期）

当年意気欲凌雲
快馬東馳不見山
今日危途春雨冷
檻車揺夢過函関

当年《とうねん》　意気《いき》　雲《くも》を凌《しの》がんと欲《ほっ》す
快馬《かいば》　東《ひがし》に馳《は》せて　山《やま》を見《み》ず
今日《こんにち》　危途《きと》　春雨《しゅんう》　冷《ひやや》かなり
檻車《かんしゃ》　夢《ゆめ》を揺《ゆる》がして　函関《かんせき》を過《す》ぐ

あの当時は意気盛んだった。雲をも凌ぐ勢いで駿馬を走らせた。東のかた江戸に向かっていたときは、箱根の山並みに目をくれることもなかった。今日の旅路は心穏やかではなく、春雨が冷たく感じられる。窮屈な駕籠におしこめられ、夢を破られ箱根の関所を過ぎてゆく。

江戸に送られた頼三樹三郎はすぐに処刑され、遺骸は小塚原（東京都荒川区南千住）に放置された。これを不憫に思った儒学者の大橋訥庵《おおはしとつあん》は、頼山陽との縁もあり、塾生をつれて小塚原に向かい、屍を洗いきよめて丁寧に葬ったという。訥庵は「所懐」と題する七言絶句の中で「刑屍《けいし》　累々《るいるい》として鬼火青《おにびあお》し」とそのときの悲惨な光景を詠んでいる。訥庵の詩からも、安政の大獄で数多くの志士が処刑されたことがわかる。

幕末の激動期の舞台となった箱根路も、今は平和を象徴するお正月の風物詩「箱根駅伝」の晴舞台となっている。時代の移ろいを感じさせる光景である。

3　飾り雛のある風景

五節句は、一月七日の人日《じんじつ》、三月三日の上巳《じょうし》、五月五日の端午《たんご》、七月七日の七夕《たなばた》、そして九月九日の重陽《ちょうよう》をいう。節句とは中国から伝来した歳事であり、当初は貴族階級の行事であったが、江戸時代になって民間にも普及した。「節供《せっく》」とも書くが、それは、節の日の供え物がその日を代表すると考えるからだそうだ。また、御節料理《おせちりょうり》も、正月に限らず、本来は五節句の食べ物を指すという。


日本では、三月三日は桃の節句であり、ひな祭りの日である。ひな祭りは、中国伝来の「上巳」の行事と、日本古来の「人形《ひとがた》」によって邪気はらう習俗、そして貴族の幼女の人形遊びとが一体となって室町時代に生まれたものだそうだ。

ひな祭りも、段飾りだけではなく、つるし雛も各地に広がった。福岡柳川の「さげもん」、伊豆稲取の「つるし雛」、山形酒田の「笠福」が日本三大つるし飾りとされている。

このひな飾りの歳事を題材にしたのが次の五言絶句「飾《かざ》り雛《ひな》」である。

飾雛

剪綵繍綸累
人形藤朶英
昔添七日趣
今挂四時情

綵《あや》を剪《き》り　綸《りん》を繍《ぬ》い累《つな》げば
人形《ひとがた》　藤朶《とうだ》の英《はなぶさ》
昔《むかし》は七日《なのか》の趣《おもむき》を添え
今《いま》は四時《しいじ》の情《じょう》を挂《か》ける

綵絹《あやぎぬ》を裁断して絹糸で縫いつなげば、雛人形はまるで藤花《ふじばな》の房《ふさ》のようだ。つるし雛は、昔は正月七日の人日の趣であったが、今では四季折々、子供たちのすこやかな成長を祈ってつり下げている。

つるし雛（制作・藤野セツ子）

幕末の福井藩主・松平春嶽《まつだいらしゅんがく》（一八二八〜一八九〇）は、上巳の節句の情景を次のように詠む。

上巳

松平春嶽（江戸末期）

何管満城風雨声
桃花灼灼慰幽情
母妻環坐傾杯処
人勝開顔坐錦棚

何《なん》ぞ管《かん》せんや　満城《まんじょう》　風雨《ふうう》の声《せい》
桃花《とうか》　灼灼《しゃくしゃく》として　幽情《ゆうじょう》を慰《なぐさ》む
母妻《ぼさい》　環坐《かんざ》して　杯《さかずき》を傾《かたむ》くる処《ところ》
人勝《じんしょう》　顔《かお》を開《ひら》いて　錦棚《きんぼう》に坐《ざ》す

あいにくの悪天で城内には風雨の音が満ちているが、どうしてそれが気になろうか。桃の花は輝くように咲き誇り、幸明天皇崩御で沈んだ心（幽情）を慰めてくれる。母や妻たちが輪になって坐り、杯を傾けてお酒を飲んでいるそばでは、雛人形が笑みを浮かべ、錦を敷いた雛壇に坐っている。

4　清明節に醅酒を飲む

清明は二十四節気の一つで、新暦では四月五日頃である。この頃になると雪国でも雪は平地から消え、山に残るだけとなる。

かつて清明節の頃、友人と新潟の弥彦神社に出かけたことがある。生憎、小雨が降ったり止んだりの天気で、弥彦神社の思い出はあまり残っていない。しかし、雨を避けるように訪れた酒蔵での様子はなぜか鮮明におぼえている。

そのとき詠んだのが次の七言絶句「酒家の春《しゅかのはる》」である。（二〇〇四年春作）

酒家之春

越後清明看雪山
庭前花落緑苔間
客人欲飲新醅酒
満堂微薫一瞬閑

越後《えちご》清明《せいめい》　雪山《ゆきやま》を看《み》る
庭前《ていぜん》　花落《はなお》ちる　緑苔《りょくたい》の間《かん》
客人《かくじん》　飲《の》まんと欲《ほっ》す　新醅《しんばい》の酒《さけ》
満堂《まんどう》の微薫《びくん》　一瞬《いっしゅん》の閑《かん》

越後の清明節は、山に雪をみる。中庭の梅花が老木の苔の間に落ちている。客人の注文は地元の濁り酒。部屋に微薫が満ちると、賑やかだった部屋が一瞬静かになった。

清明節の頃には梅の花はちり落ち、桜の開花にはまだ早い。そうなると酒をいただく大義がない。そこで冬に醸した酒を賞味しようということになる。濁り酒（醅酒）は清酒とくらべ香りはあまり強くないが、それでも鼻先の茶碗に注がれると何ともいい香りがする。賑やかだった座も一瞬静かになった。そのあとに「うまい」という声が出るのは必定である。

この七言絶句は、晩唐の詩人杜牧《とぼく》（八〇三〜八五二）の「清明《せいめい》」詩を踏まえている。杜牧は、名詩として知られる「清明」で江南の光景を次のように詠む。

清　明

清明時節雨紛紛
路上行人欲絶魂
借問酒家何処有
牧童遙指杏花村

晩唐・杜牧

清明《せいめい》の時節《じせつ》　雨紛紛《あめふんぷん》
路上《ろじょう》の行人《こうじん》　魂《たましい》を絶《た》たんと欲《ほっ》す
借問《しゃもん》す　酒家《しゅか》　何《いず》れの処《ところ》にか有《あ》る
牧童《ぼくどう》　遙《はる》かに指《ゆび》さす　杏花村《きょうかそん》

清明の季節には雨がそぼ降る。歩き疲れた旅人が、通りすがりの牧童に

「どこかに酒屋はないかな」とたずねると、牧童は「あっち」と杏の花で桃色にけむる村落を指さした。

清明節に降る雨は「杏花雨《きょうかう》」とも呼ばれる。この「清明」詩を読むとその理由がわかるような気がする。

最初にこの詩を目にしたとき、牧童が歩いて牛を引く情景を思い浮かべた。しかし、その後に牧童が水牛に乗っている図画を見て、それが江南の原風景なのだと知った。そうであれば、杜牧先生は水牛に乗った牧童を見上げるようにして「酒屋はないかな」と尋ねた訳で、わたしの当初のイメージとは少し違った光景となる。

とまれ、杜牧詩から千二百年後の平成の旅人は、何の苦労もせずに観光バスで酒蔵の玄関先まで運んでもらい、そぼ降る雨の中を傘もささずに酒蔵に駆け込んでいる。汗もかかず、雪見や花見という大義もない。ただただ新酒を飲もうという魂胆である。

天上の杜牧先生から「汗をかかずに飲む酒がうまいはずはあるまい」とお叱りを受けそうである。

5　緑陰に啼鳥を聞く

水彩画が趣味の知人の作品が二〇一九年の日本水彩画会の公募展に入選し、上野の東京都美術館で展示された。展示作品は「我孫子風景（学園の小径）」と題する大作である。展示会場で作品を見たときの印象をまとめたのが次の五言絶句「学園《がくえん》の小径《こみち》に題《だい》す」である。

題学園小径

緑　陰　聞　鳥　啼
草　径　往　而　還
意　興　為　詩　稿
忽　過　半　日　閑

緑陰《りょくいん》　鳥《とり》啼《な》くを聞《き》く
草径《そうけい》　往《ゆ》きまた還《かえ》る
意《い》興《お》きて詩稿《しこう》を為《な》せば
忽《たちま》ち過《す》ぐ　半日《はんじつ》の閑《かん》

緑陰の下、鳥のさえずりを聞き、草の小径を行ったり来たりする。詩想が生まれ、推敲を重ねていたら、半日が静かにゆっくりと過ぎてしまった。

千葉県我孫子市には市民の投票で決めた「我孫子のいろいろ八景」があるという。自慢の景観を「公園八景」「坂道八景」「成田線車窓八景」「まちなみ八景」「ハケの道八景」「斜面林・田園八景」そして「桜八景」と「水八景」の八つのグループに分けている。知人の水彩画に描かれたのは、川村女子学園の構内であろう。その春景は「桜八景」の一つとして紹介されている。

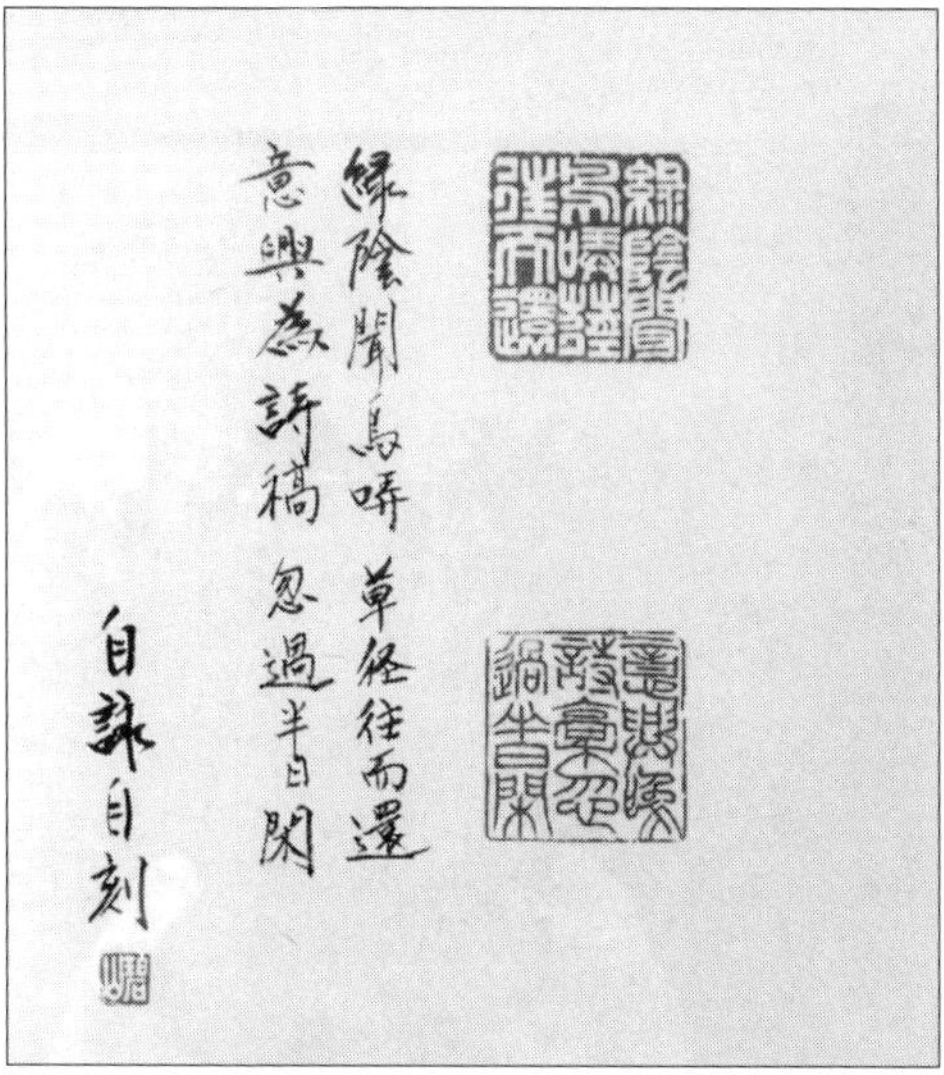

自詠自刻（著者刻）

この漢詩のテーマは第四句目の「半日の閑」である。

江戸時代の林梅洞《はやしばいどう》（一六四三〜一六六六）も「閑」をテーマにした漢詩を詠んでいる。彼はその中で、幽閑の趣を体得できればどんな場所も緑の濃い山と同じだと詠む。閑の真髄を喝破した作品として知られている。

書懐

竹塢松陰往又還
欣然此地此身閑
人生若得幽閑趣
何処風烟不碧山

林　梅洞（江戸初期）

竹塢《ちくお》　松陰《しょういん》　往《ゆ》きて又《ま》た還《かえ》る
欣然《きんぜん》たり　此《こ》の地《ち》に此《こ》の身《み》の閑《かん》なるを
人生《じんせい》　若《も》し幽閑《ゆうかん》の趣《おもむき》を得《え》れば
何《いず》れの処《ところ》の風烟《ふうえん》か碧山《へきざん》ならざらん

竹の茂る小さな堤や松の木陰を往き来する。この地でこの身が閑であることが何ともうれしい。人生、もし幽閑の趣を体得できるならば、いったいこの風景が緑の山でないことがあろうか。

作者の林梅洞は儒学者で、林羅山を祖父に林鵞峰を父にもつ。十二歳のときには、来日した朝鮮通信使と詩を唱和するほどの詩才があったという。残念ながら二十四歳で夭折したが、この詩はすでに人生を達観した内容となっている。

6　ライチがつなぐ旧情

台湾高雄市の教え子から、初夏に生ライチが贈られてきた。普段は口にすることのない高級フルーツなので、ありがたく頂戴して職場の人たちにもおすそ分けした。お礼として台湾の送り主に送ったのが次の五言絶句「旧情《きゅうじょう》を謝《しゃ》す」である。

謝旧情

茘枝三百顆
果肉転澄清
遥想南中事
賦詩対旧情

茘枝《らいち》　三百顆《さんびゃくか》
果肉《かにく》　転《うた》た澄清《ちょうせい》
遥《はる》かに想《おも》う　南中《なんちゅう》の事《こと》
詩《し》を賦《ふ》し　旧情《きゅうじょう》に対《たい》す

ライチが三百顆とどいた。その果肉はすきとおるように新鮮だ。贈ってくれたはるか遠くの南中の友人を思い、詩を作ってその旧情に応えたい。

一般に「南中」とは中国の広東省一帯をいうが、この詩では台湾を含む広い温帯地域をさしている。「賦詩」とは作詩すること。「澄清」は果肉と旧情の両方にかけている。三百顆は詩語なので実数ではない。

この詩は、北宋の蘇軾《そしょく》（一〇三七～一一〇一）の七言絶句「茘枝《らいち》を食《く》らう」をモデルにして作詩したものである。蘇軾は、左遷された僻遠の嶺南の地で次のように詠む。

食茘枝

羅浮山下四時春
盧橘楊梅次第新
日啖茘枝三百顆
不辞長作嶺南人

北宋・蘇軾

羅浮山下《らふさんか》　四時春《しいじはる》
盧橘《ろきつ》　楊梅《ようばい》　次第《しだい》に新《あら》たなり
日《ひ》に茘枝《らいち》を啖《く》らうこと　三百顆《さんびゃくか》
長《とこしえ》に嶺南《れいなん》の人《ひと》と作《な》るを辞《じ》さず

羅浮山（広東省恵州市と広州の中間にある名山）の麓は年中春のようだ。キンカン（盧橘）やヤマモモ（楊梅）が次々と収穫される。毎日ライチを三百顆も食えるのであれば、このまま嶺南の人になっても構わない。

当時の嶺南は、中国南方の熱風が吹きマラリヤが蔓延する蛮地であった。そのような過酷な環境であっても、おいしいライチが毎日食べられるのなら、このまま住みついても構わないと蘇軾はいうのである。

前出のわたしの「謝旧情」詩の第一句は、蘇軾詩の第三句を援用したもの。

7　重陽節に菊酒を飲む

重陽とは五節気の一つで九月九日をいう。旧暦では菊が咲く季節であることから、菊の節句とも呼ばれている。

陰陽思想によれば、奇数は陽の数である。そのため、一番大きい陽数の九が二つ重なる九月九日を「重陽」と呼んだのだそうだ。この日には、邪気を払い、長寿を願って菊の花を飾り、菊の花びらを浮かべた酒を酌み交わして祝うのが習いであった。

そのような重陽節の伝統に思いを馳せて詠んだのが次の五言絶句「菊酒《きくしゅ》を献《けん》ず」である。

（二〇一六年秋作）

献菊酒

柴門秋気満
菊酒献杯情
好好作詩賦
悠悠斥世栄

柴門《さいもん》　秋気《しゅうき》満《み》ち
菊酒《きくしゅ》　献杯《けんぱい》の情《じょう》
好々《こうこう》として　詩賦《しふ》を作り
悠々《ゆうゆう》として　世栄《せいえい》を斥《しりぞ》ける

粗末な我が家にも秋の気配が満ちてきた。菊酒を献じて長寿の祝いをしたい気分だ。嬉々として詩文を作り、悠然とかまえて俗世間のしがらみから逃れたいものだ。

古来、中国では、この日に疫病退治をしたという言い伝えがある。高台に上り、頭に須臾《しゅゆ》の実をかんざしとして差し、菊酒を飲んで安寧を祈る風習である。

重陽の節句を詠った漢詩が王維《おうい》（六六九〜七六一）の「九月九日に山東《さんとう》の兄弟《けいてい》を憶《おも》う」である。

九月九日憶山東兄弟

盛唐・王維

独在異郷為異客
毎逢佳節倍思親
遙知兄弟登高処
偏挿須臾少一人

独《ひと》り異郷《いきょう》に在《あ》って　異客《いかく》となる
佳節《かせつ》に逢《あ》う毎《ごと》に　倍《ます》ます親《しん》を思《おも》う
遙《はる》かに知《し》る　兄弟《けいてい》　高《たか》きに上《のぼ》る処《とき》
偏《あまね》く須臾《しゅゆ》を挿《さ》して　一人《ひとり》を少《か》くを

故郷から離れたみやこで独り暮らしていると、節句の時期が来る度に一層、家族への思いが募る。遠くにいるがわたしは知っている。兄弟たちが小高い丘に登るとき、皆が須臾の小枝を髪にさして顔を見合わせ、一人いないなと気づくことを…。

この詩は王維十七歳のときの作で、故郷の山東を一人離れ、長安で科挙の受験勉強をしていた。二十一歳の若さで合格し、その後、自然派詩人として多くの名詩を残した唐代の詩人である。

8　芋煮会の思い出

芋煮会は秋の恒例行事である。特に山形県米沢市の松川の芋煮会が有名で、テレビでも秋の風物詩として取り上げられることがある。

著者も米沢での芋煮会を一度体験した。そのときに思いを馳せながら東京で作詩したのが次の七言絶句「秋興《しゅうきょう》」である。（二〇一四年年秋作）

秋　興

秋天野外興感長
酌酒囲鍋雅趣忘
聞道即今松茸好
蒸籠新米飯煙香

秋天《しゅうてん》の野外《やがい》　興感《きょうかん》長《なが》し
酒《さけ》を酌《く》み　鍋《なべ》を囲《かこ》めば　雅趣《がしゅ》忘《わす》る
聞《き》く道《なら》く　即今《そくこん》　松茸《まつたけ》好《よ》しと
蒸籠《せいろう》の新米《しんまい》　飯煙《はんえん》香《かんば》し

秋空の下での野外の芋煮会は楽しく、興が尽きない。酒を酌み、芋煮の鍋を囲めば、とてもお行儀よくはしていられない。今年は松茸の出来もよいという。蒸籠で炊いた新米の松茸ご飯のいい香りがしてきた。

芋煮の起源はきのこ汁のようだ。山できのこ狩りをしてきのこ汁を作ったことから、「きのこ山」と呼ばれていたこともある。江戸時代に米の不作に備えて盛んに里芋が植えられるようになり、次第に里芋が鍋の主役となったものと思われる。なお、汁に肉が入るのは明治期以降である。中秋の名月に供える団子もその起源は里芋だったという説もある。

冬の米沢（米沢観光協会提供）

わたしの「秋興」詩は、直江兼続（一五六〇〜一六二〇）の七言絶句「雪夜《せつや》に爐《いろり》を囲《かこ》む」に次韻（同じ脚韻を使用すること）したもの。直江兼続は、上杉藩の米沢移封後に活躍した名家宰で、NHKの大河ドラマ『天地人』の主人公として一躍有名になった。武将でありながら詩才にもすぐれ、江戸時代の儒者である新井白石がその詩才を称賛したと伝えられている。

直江兼続は米沢の冬の夜を次のように叙情的に詠む。

雪夜囲爐

雪夜囲爐情更長
吟遊相会古今忘
江南良策無求処
柴火煙中芋栗香

直江兼続（江戸初期）

雪夜《せつや》に爐《いろり》を囲《かこ》めば　情《じょう》さらに長《なが》し
吟遊《ぎんゆう》し　相《あ》い会《あ》えば　古今《ここん》忘《わす》る
江南《こうなん》の良策《りょうさく》　求《もと》める処《ところ》なく
柴火《さいか》　煙中《えんちゅう》　芋栗香《うりつかんば》し

雪降る夜に友と囲炉裏を囲めば情がますます深まる。昔の栄光も今の窮状も思わず忘れてしまう。石田三成に献じた関が原の戦いの献策（江南の良策）も、もはや出番はなくなった。囲炉裏の灰の中で焼けた里芋の匂いが芳しい。

この詩の第四句は、南宋の詩人范成大（一一二六〜一一九三）の「四時田園雑興」の「冬日田園雑興」の一首第四句「笑って指さす　灰中　芋栗の香しきを」（笑指灰中芋栗香）を踏まえている。

冬の米沢は雪が深い。市中でも公衆電話のボックスが埋まるくらい降った。兼続の漢詩は、雪降る夜に囲炉裏端で友と語らうという詩情のある描写であるのに対し、わたしの漢詩は、河原で鍋を囲んで酒を飲めばお国なまりまるだしで、松茸ご飯の香を想うという俗物である。

詩情には天地の開きがあるのだが、著者は時空を超えて直江兼続と詩の交換をしている気分に酔っている。

9　錦秋の書展

東京山手線・鶯谷駅の北口を出て線路沿いに進むと、建物のデザインが派手なホテル街の路地に入る。都内でも有数の、風俗があぐらをかいたような一画である。わたしなど古い人間には素通りするのもはばかられる。

ホテル街を抜けてしばらく行くと、今にも壊れそうな古びた木造の平屋建ての「子規庵」がある。かつて正岡子規が療養していた場所で、木造の古屋を立て直し、子規の記念館として一般公開されている。押し寄せるホテル群を子規の怨念が必死に押しとどめようとしているかのような風情が感じられる。

子規庵の斜め前に、小さな路地を挟んで台東区立書道博物館がある。明治時代の洋画家であり、書家としても知られる中村不折が、半生をかけて収集した文物・金石と不折自身の書が収蔵されている。戦後、遺族がそれを区に寄付し、今日では、台東区立書道博物館として一般に公開されている。同博物館では収蔵品の一部を公開する展示会が定期的に開催されている。

次の七言絶句は、二〇〇八年の秋に開催された特別展を詠んだもの。展示の目玉は顔真卿の肉筆と王献之の写本。それらを見たときの感慨を次のように詠んでみた。

中村不折記念室（台東区立書道博物館提供）

書道博物館

真卿自筆献之模
白眉書法豈古乎
堂上錦秋文墨展
隋唐至宝在城隅

真卿《しんけい》の自筆《じひつ》　献之《けんし》の模《も》
白眉《はくび》の書法《しょほう》　豈《あに》に古《ふる》からんや
堂上《どうじょう》　錦秋《きんしゅう》の文墨展《ぶんぼくてん》
隋唐《ずいとう》の至宝《しほう》　城隅《じょうぐう》に在《あ》り

顔真卿の自筆と王献之の模本。白眉とされる書家の書法はいささかも古びていない。館内で秋の特別展示会が開催され、随や唐の至宝がこの城北の地に展示されている。

中村不折は明治時代の文豪とも交流があった。中でも森鴎外とは親しく、鴎外は自分の墓碑銘を不折に書いてもらうように遺言に書き残したほどであった。

次の七言絶句は、鴎外が中村不折の書画の才能を賞賛した画賛詩「中村不折画集《なかむらふせつがしゅう》に題《だい》するの辞《じ》」である。

中村不折画集題辞

森　鴎外（明治）

不折山人老画師
眼無今古況華夷
汝南月旦何須用
手運天機筆筆奇

不折山人《ふせつさんじん》　老画師《ろうがし》
眼《まなこ》に今古《きんこ》無《な》し　況《いわ》んや華夷《かい》をや
汝南《じょなん》の月旦《げったん》　何《なん》ぞ用《もち》いるを須《ま》たんや
手《て》天機《てんき》を運《はこ》べば　筆筆奇《ひつひつき》なり

不折山人は老画師である。絵画の題材に新旧を選ばず、まして東洋画や西洋画などの区別をしない。昔、中国の汝南では毎月一日に人物批評が行われ、それが評判になって多くの人が訪れるようになったという。しかし、不折のどの作品（筆筆）も、手が自然に働き（天機）、今さら他人の品評を待つ必要がないほど素晴らしいものである。

10 恩師の叙勲受章を寿ぐ

叙勲は春と秋の風物詩である。日本の勲位には、大勲位菊花章、桐花大綬章、旭日章、瑞宝章、文化勲章の五種類がある。旭日章は「国家または公共に対して勲績のある者」が対象で、政治家や実業家が受賞することが多い。瑞宝章は「国家または公共に対して積年の功労ある者」が対象で、教育関係者などが受賞する。

わたしの恩師が瑞宝中綬章を受賞したときにお祝いとして贈ったのが次の七言絶句「恩師《おんし》の叙勲《じょくん》を祝《しゅく》す」である。（二〇一一年秋作）

祝恩師叙勲

函富亭前展彩霞
叙勲朗報達山家
門生万口寿恩賜
亭主一吟芳菊花

函富亭前《かんふていぜん》　彩霞《さいか》展《ひろ》がり
叙勲《じょくん》の朗報《ろうほう》　山家《さんか》に達《たっ》す
門生《もんせい》の万口《ばんこう》　恩賜《おんし》を寿《ことほ》ぎ
亭主《ていしゅ》の一吟《いちぎん》　菊花《きっか》を芳《かんば》しうす

恩師の山居である函富亭の前に霞がうつくしく立ちこめ、叙勲の朗報が山の家にとどいた。教え子は口々に受章をお祝いし、亭主が謡曲でそれにこたえると菊花の芳しい香りが広がった。

この詩はお祝いの詩なので理屈はない。叙勲、恩賜、菊花などの用語に加え、彩、朗、寿、芳などのおめでたいイメージをもつ漢字を盛り込んだ。この漢詩では恩師が主人公であり、菊花は脇役である。

「恩賜」を詠んだ漢詩として名高いのが、菅原道真の七言絶句「九月十日」である。道真は一年前の醍醐天皇の御前での詩会でお褒めをいただいた栄光を思い出しつつ、左遷された太宰府での境遇を次のように詠む。

九月十日　　菅原道真（平安）

去年今夜侍清涼
秋思詩篇独断腸
恩賜御衣今在此
棒持毎日拝余香

去年《きょねん》の今夜《こんや》　清涼《せいりょう》に侍《はべ》り
秋思《しゅうし》の詩篇《しへん》　独《ひと》り断腸《だんちょう》
恩賜《おんし》の御衣《ぎょい》　今此《いまここ》に在《あ》り
棒持《ぼうじ》して毎日《まいにち》　余香《よこう》を拝《はい》す

去年の今夜は清涼殿で天子さまのおそばに侍っていた。「秋思」の御題に応えて詩を賦した。その詩が天子さまのお目にとまり、大変なお褒めにあずかった。しかし、それは悲しい、腸を絶つほどにつらい思い出である。そのときに天子さまからご褒美にいただいた恩賜の御衣は今なおここにある。わたしはその御衣をささげ持って、残っている香を拝して感謝し、天子さまを偲んでいる。

11　歳晩の雑感　二首

年末にその年を懐古し、新年の抱負を漢詩にして、年賀状に近況報告するのを常としている。

作詩のテーマとして「閑」を使うことが比較的多く、次の五言絶句は、現役を引退し年金生活を始めた頃の年の暮れに詠んだものである。

其一

粗衣野老顔
隠居憶空山
欲執杯中物
吾心未作閑

粗衣《そい》　野老《やろう》の顔《かお》
隠居《いんきょ》して　空山《くうざん》を憶《おも》う
執《と》らんと欲《ほっ》す　杯中《はいちゅう》の物《もの》
吾《わ》が心《こころ》　未《いま》だ閑《かん》ならず

粗末な身なりで、皺の多いおやじ顔となった。現役を引退した今は、静かな山中での暮らしを空想するようになった。そのときに持っていくものは、

杯中の物、即ち、酒。どうも吾が心は俗物で、いまだに閑の境地に達していない。（二〇一六年冬作）

其　二

歳 歳 成 何 事
又 羞 酔 夢 間
明 年 把 詩 巻
欲 得 寸 時 閑

歳々《さいさい》　何事《なにごと》を成《な》しえん
又羞《または》じる　酔夢《すいむ》の間《かん》
明年《みょうねん》　詩巻《しかん》を把《と》りて
寸時《すんじ》の閑《かん》を得《え》んと欲《ほっ》す

年々歳々、何を成そうとしているのか。今年もまたぼんやりと過ごしてしまったことを恥じる。来年こそ漢詩集を手にして、ひとときを心伸びやかに過ごそうと思う。（二〇一七年冬作）

両詩には、「閑」の境地を得たいとの著者のメッセージがある。その閑は、漢詩を詠むことで得られると主張する。

晩唐の詩人・李渉《りしょう》は七言絶句「鶴林寺《かくりんじ》に題《だい》す」の中で、寺の僧侶との何気ない会話から半日の閑を得たと詠む。その場所は鶴林寺、江蘇省鎮江市にある名刹である。

題鶴林寺

晩唐・李渉

終日昏昏酔夢間
忽聞春尽強登山
因過竹院遭僧話
又得浮生半日閑

終日《しゅうじつ》　昏々《こんこん》　酔夢《すいむ》の間《かん》
忽《たちま》ち春《はる》尽《つ》きると聞《き》き　強《し》いて山《やま》に登《のぼ》る
竹院《ちくいん》を過《す》ぎるに因《よ》りて　僧《そう》に遭《あ》い話《はなし》をすれば
又《また》　浮生《ふせい》　半日《はんじつ》の閑《かん》を得《え》たり

一日中、酔生夢死の状態でぼんやりしていたが、春が終わってしまうことにふと気づいて、思いきって山に登った。竹林に囲まれた寺を過ぎたあたりで一人の僧に出会い、話をかわすことができた。半日の間、このとりとめのない人生を心穏やかに過ごすことができた。

第五章

異國旅情

1　答礼宴に寄す（北京）

一九九七年に日中の実業団体の交流プログラムが北京で開催され、次回の交流会は十年後の二〇〇六年に開催することが決定された。この種の交流プログラムでは、前日に歓迎パーティを開催するのが慣例である。二〇〇六年に開かれた交流会もその例にもれず、中国側が歓迎パーティを開催し、日本側が答礼宴を開催した。

その答礼宴で座興として披露したのが次の七言絶句である。旅立つ前にできあがっていたが、会場で披露できるかどうかはわからなかった。現地に入り、答礼宴が始まる前にわたしにも挨拶をして欲しいという依頼があったので、挨拶の中に自作漢詩を入れることにした。用意していた筆ペンで自作詩を手書きし、それを通訳に現代中国語で読んでもらった。（二〇〇六年秋作）

寄答礼宴

秋分佳節宿燕京
此地愁心絶不生

秋分《しゅうぶん》の佳節《かせつ》　燕京《えんきょう》に宿《しゅく》す
此《こ》の地《ち》　愁心《しゅうしん》　絶《た》えて生《しょう》ぜず

莫惜故人今夜酔
十年果得復逢盟

惜《お》しむ莫《な》かれ　故人《こじん》　今夜酔《こんやよ》うを
十年　果《は》たし得《え》たり　複《ま》た逢《あ》うの盟《めい》

秋分のこの佳節に、燕京（北京の古名）を訪れることができた。当地ではまったく里心が起こらない。だから古い友人よ、今夜はわたしへの気遣いなしに飲んでくれたまえ。十年ぶりにようやく再会の約束を果たしたのだから。

この詩の第一句で北京ではなく燕京という古い地名を使用したのは理由がある。戦国時代の燕の国は、積極的な人材登用政策を採っていて、有意の人材が諸国から集まり、長く燕に居着いた。「隗《かい》より始《はじ》めよ」（劣る者から雇え）という故事が残されている。それほど居心地のよい土地柄だという意味を持たせるためである。また、平仄の関係で、第一句の六字目は平字にしたいので、仄字の「北」では平仄が合わない。

漢詩の本家である中国で、しかも北京のホテルの宴会場で、自作の漢詩を披露し、それを中国音で音読してもらうのはかなり勇気の要ることであった。今思い返すと、酒席の座興だからできたのかもしれない。

翌日、北京の官庁を公式訪問したとき、名刺交換した相手から、「昨夜、漢詩を披露し

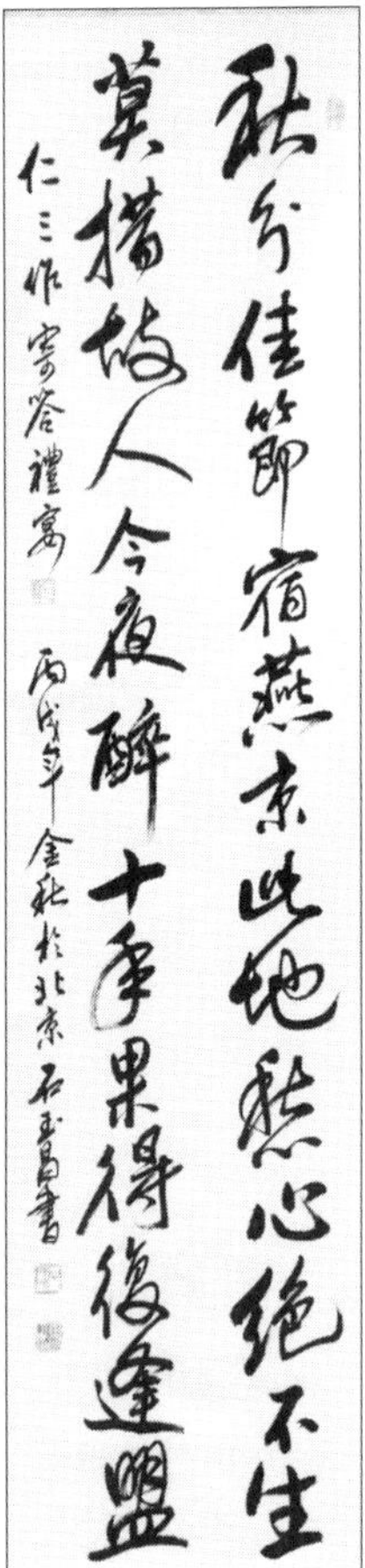
詩書
（北京・石玉良書）

た方ですね」と言われて何とも言えないうれしさがこみ上げてきた。訪問した役所の担当者も前夜の答礼宴に参加していたのである。

この詩にまつわる失敗談にも触れなければならない。交流プログラムの終了後に、北京市内の観光スポットである瑠璃廟《るりびょう》に出かけ、石玉良氏のアトリエを訪ねた。前出の漢詩を揮毫してもらおうと考えたからである。急に思いついたので、書の原稿はホテルで手書きし、それを見せて書家のアトリエで書いてもらった（写真）。帰国後、掛け軸に表装してわたしの仕事部屋に掛けていた。

ある日のこと、わたしの仕事部屋を訪ねてきた中国人の知人と漢詩談義がはずんだ。そのとき、彼は掛け軸の書を見て誤字があるのではないかと指摘した。「莫措」は「莫惜」ではないか……と。そこでわたしは初めて誤字があることに気がついた。

確かに「惜《お》しむ莫《な》かれ」となるべきところが「措《お》く莫《な》かれ」となっている。どうやら、わたしが手書きしたときに立心偏《りっしんべん》にすべきところを間違えて手偏《てへん》にし、それを書家に渡したのが原因であったようだ。

誤字のある書ではあるが、石玉良氏の行書が見事なので、時々、掛け軸を出して虫干しし、北京での自分のポカを思い出している。

およそ千二百年前に、空海が唐の都長安で作ったとされる漢詩が今も残されている。空海が遣唐使の一員として唐にわたり留学していたとき、昶法和尚宅の庭の小さい築山を見て作詩したものだという。昶法和尚については不明だが、親交のあった長安の寺の僧と考えられている。

空海は、七言絶句「唐《もろこし》に在《あ》りて昶法《ちょうほう》和尚《おしょう》が小山《しょうざん》を観《み》る」で次のように詠む。

在唐観昶法和尚小山　　釈空海（平安）

看竹看花本国春　　竹《たけ》を看《み》　花《はな》を看《み》る　本国《ほんごく》の春《はる》
人声鳥哢漢家新　　人声《じんせい》　鳥哢《ちょうろう》　漢家《かんか》新《あたら》し

見君庭際小山色
還識君情不染塵

君《きみ》が庭際《ていさい》に　小山《しょうざん》の色《いろ》を見《み》て
還《また》識《し》る　君《きみ》が情《こころ》の塵《ちり》に染《そ》まぬを

この庭の竹や花を見るにつけ、わが本国日本の春が偲ばれる。今聞こえてくる唐人《からびと》の声や鳥の囀《さえず》りは、大唐《だいとう》の春の新しい生気を感じさせる。昶法和尚どのの庭先の小さい築山の清らかな色を見て、さてまたこの和尚どのが世間の塵にまみれない、清い仏家のお心を持っておられることを悟った。

空海は書家としても有名であるが、漢籍の読み書きだけでなく、呉音・漢音も聞き分けられたという。そのような能力をいかんなく発揮したからこそ、当初二十年の留学期間を二年で切り上げて帰国できたのであろう。

そのような歴史的な偉人の詩とは詩情において雲泥の差があるのだが、千二百年の時空を超えて、共にそのときの中国の都（西安と北京）を詠んだという共通点から引用した次第である。

2　石湖で范成大を憶う（蘇州）

蘇州はかつて「姑蘇」と呼ばれ、数々の名詩の舞台となった。長い間、蘇州を訪問する機会を心待ちにしていたが、中国の大学が主催する国際フォーラムが蘇州で開催され、招待を受けた。上海までは飛行機で行き、上海から蘇州には新幹線で移動した。

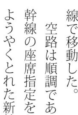

空路は順調であったが現地では難儀した。上海で新幹線の座席指定をとるために、駅の窓口で一時間並び、ようやくとれた新幹線は二時間後の発車であった。ともあれ何とか蘇州に着くことができた。

石湖の夕景（著者撮影）

その日は特に予定がなかったので、直ぐに、南宋の詩人・范成大《はんせいだい》（一一二六〜一一九三）の故地である石湖を訪問することにした。石湖にはホテルからタクシーで行った。蘇州市内は高速道路が縦横に張り巡らされ、漢詩に詠まれる蘇州のイメージはまったくない。かつては田園地帯で、文人墨客のメッカだった石湖も、今では近代的な市街地として開発され、わずかに一画が公園として残っているだけである。
そこを訪問したときの感慨を謳ったのが次の漢詩「石湖《せきこ》の感慨《かんがい》」である。（二〇一三年夏作）

石湖感慨

徘徊法学路
道理未分明
比愛田園句
欲窮范陸情

徘徊《はいかい》す　法学《ほうがく》の路《みち》
道理《どうり》　未《いま》だ明《めい》を分《わ》けず
比《こ》のごろ愛《あい》す　田園《でんえん》の句《く》
范陸《はんりく》の情《じょう》を窮《きわ》めんと欲《ほっ》す

法学の世界を放浪してきたが、未だに条理を悟りえないでいる。この頃は、田園風景を謳った詩歌に心惹かれるようになった。范成大や陸游の詩心をたどってみたいと思っている。

范成大の漢詩は日本でもよく知られている。特に、「四時田園雑興《しいじでんえんざっきょう》」が有名で、石湖の四季折々の田園風景が七言絶句六十首で活写されている。

その中から晩春の石湖の光景を読んだ「晩春《ばんしゅん》の田園《でんえん》雑興《ざっきょう》」を読んでみよう。

晩春田園雑興

南宋・范成大

胡蝶双双入菜花
日長無客到田家
鶏飛過籬犬吠竇
知有行商来買茶

胡蝶《こちょう》は双双《そうそう》　菜《な》の花《はな》に入《い》る
日《ひ》は長《なが》うして　客《かく》の田家《でんか》に到《いた》るなし
鶏《にわとり》は飛《と》んで籬《まがき》を過《す》ぎ　犬《いぬ》は竇《とう》に吠《ほ》える
知《し》んぬ　行商《ぎょうしょう》の来《き》たりて　茶《ちゃ》を買《か》う有《あ》るを

ひとつがいの蝶がひらひらと庭先の菜の花に舞い込んだと思ったら、別のつがいがまた菜の花の中に隠れてしまった。昼は長いのに田舎の農家を訪れる人はいない。突然、鶏があわただしく垣根をとびこえ、犬がけたたましく土塀の抜け穴で吠えだした。そうか、新茶を買いに行商人がやってきたのか。

蘇州での国際フォーラムの最終日に、参加者が集うお別れパーティが開かれた。そこで外国参加者の話題となったのが空港までの足の心配であった。ホテルから蘇州駅までいつどうやって移動するか、蘇州駅から上海までの新幹線の座席予約があるかであった。海外の参加者の多くは、わたしと同様、新幹線の予約がとれず苦労して蘇州入りしていたようで、蘇州入りして直ぐに予約していた。その人たちは、ホテルから蘇州駅までの渋滞を避けるため、早めにホテルをチェックアウトすると話していた。わたしは何の準備もしていなかったので、急に心配になった。

フォーラム会場で親しくなった台湾の研究者に相談したところ、ホテルから上海の空港まで貸し切りハイヤーで行った方が無難だとアドバイスされた。そこでホテルのフロントにハイヤーの手配を頼んだのだが、担当スタッフの英語が心許なく、本当に理解できたかどうか心配になった。台湾の研究者にお願いして、今度は中国語でハイヤー予約がきちんとなされているかどうかの確認をしてもらった。

翌日、貸し切りハイヤーは、蘇州のホテルから郊外のバイパスをひた走り、無事に上海の空港に着くことができた。車から広々とした田園地帯と入り組んだ水路の光景を見ることができた。それはかつての蘇州を偲ばせる光景であった。帰りの道中で初めて蘇州に来たことを実感したのであった。

3　黄鶴楼に上る（武漢）

黄鶴楼は武漢市にある中国の江南三大名楼の一つである。

伝承によれば、昔、中国の長江（今の揚子江）のほとりに居酒屋があった。そこに一人の老人が連日入り浸った。居酒屋の主人はいやがりもせず、酒代もとらずに求められるままに老人に酒を出した。しばらくして老人は、酒代の代わりだと言って橘の皮で黄色の鶴の絵を店の壁に描いて立ち去った。この鶴は、客の手拍子があると壁から出て、手拍子にあわせて舞い踊った。それが評判となり酒屋は大いに繁盛した。

現代の黄鶴楼
（出所：ウィキペディア（英語）、https://en.wikipedia.org/wiki/Yellow_Crane_Tower）

十年後、居酒屋に戻ってきた老人は、手を叩いて壁の鶴を呼び出して、白雲に乗って鶴と共に去っていった。居酒屋の主人は、この老人の恩義に報いるため、その地に記念の楼を建てた。それが、後世、黄鶴楼（湖北省武漢市）と呼ばれるようになった。昔から文人墨客のメッカとなり、多くの詩文が残されている。

わたしが黄鶴楼を訪ねたのは二〇〇七年の六月初旬、旧暦の端午の節句の日であった。端午の節句は、戦国時代の楚の国の詩人で非業の死をとげた屈原の命日とされている。黄鶴楼内の階段を上りながら同行の知人は、「ちまき」の由来について、屈原を弔うために竹筒に米を詰め、梅檀《せんだん》の葉で口をふさぎ、五色の糸で縛って献じたものだと語ってくれた。黄鶴楼のある湖北省は、屈原の聖地とされ、武漢市には屈原記念館がある。

そのときの思い出を七言絶句「黄鶴楼《こうかくろう》に登《のぼ》る」で次のように詠んだ。（二〇〇七年夏作）

登黄鶴楼

黄梅時節上高楼
細雨綿綿蔭樹洲
君説屈原吾語白
欲乗黄鶴古今遊

黄梅《おうばい》の時節《じせつ》　高楼《こうろう》に上《のぼ》る
細雨《さいう》　綿々《めんめん》として樹洲《じゅしゅう》を蔭《かげ》す
君《きみ》は屈原《くつげん》を説《と》き　吾《われ》は白《はく》を語《かた》る
黄鶴《こうかく》に乗《の》り　古今《こきん》を遊《ゆう》せんと欲《ほっ》す

入梅の季節に黄鶴楼に上った。小雨が降り止まず、漢陽樹《かんようじゅ》も鸚鵡洲《おうむしゅう》も靄《もや》って見えない。楼内の階段を上りながら、君は屈原の逸話を語り、わたしは李白の話をする。まるで黄鶴に乗って古今の旅に出かけるような気分である。

黄鶴楼を詠んだ漢詩は中国には何百とあるそうだ。訪問したときに現地の売店で買った『黄鶴楼詩文』(吉林撮影出版社)は、六十余の古今の名詩を掲載している。その中で最高傑作とされているのが唐代の崔顥《さいけい》(七〇四~七五六)が詠んだ「黄鶴楼《こうかくろう》」である。黄鶴楼の入り口にある大きな石碑には、崔顥の七言律詩が草書で刻されている。

黄鶴楼

昔人已乗黄鶴去
此地空余黄鶴楼
黄鶴一去不復返
白雲千載空悠悠
晴川歴歴漢陽樹

盛唐・崔顥

昔人《せきじん》　已《すで》に　黄鶴《こうかく》に乗《の》りて去《さ》り
此《こ》の地《ち》　空《むな》しく余《あま》す　黄鶴楼《こうかくろう》
黄鶴《こうかく》　一《ひと》たび去《さ》って　復《ま》た返《かえ》らず
白雲《はくうん》　千載《せんざい》　空《むな》しく悠々《ゆうゆう》
晴川《せいせん》　歴々《れきれき》たり　漢陽《かんよう》の樹《き》

芳草萋萋鸚鵡洲
日暮郷関何処是
煙波江上使人愁

芳草《ほうそう》萋萋《せいせい》たり 鸚鵡洲《おうむしゅう》
日暮《にちぼ》郷関《きょうかん》是《こ》れ何《いず》れの処《ところ》か
煙波《えんぱ》江上《こうじょう》人《ひと》をして愁《うれ》わしむ

昔の人は、已に黄鶴に乗って去り行き、此の地には空しく高楼が残されているだけだ。黄鶴は一度《ひとたび》去って二度と戻ってこないが、白雲は千年もの間、むなしく悠々と流れている。晴れわたった長江の対岸に漢陽《かんよう》の樹々《きぎ》がくっきりと見え、芳しい草が鸚鵡洲《おうむしゅう》のあたりに青々と生い茂っている。日が暮れて、我が故郷はどの方角にあるのだろうかと思う。やがて川の上には波や靄が立ち込め、わたしの心を深い悲しみに誘うであろう。

この律詩については後日談がある。この地を訪れた李白が、黄鶴楼の壁に書きつけてあった崔顥の詩を読んで、これ以上のものはできないと思い、黄鶴楼そのものを詠むのを諦めたというのである。もちろん、そこは李白のこと、代わりに「黄鶴楼《こうかくろう》で孟浩然《もうこうねん》が広陵《こうりょう》に之《ゆ》くを送《おく》る」という名詩を残している。

李白は次のように詠む。

黄鶴楼送孟浩然之広陵

盛唐・李白

故人西辞黄鶴楼
煙花三月下揚州
孤帆遠影碧空尽
唯見長江天際流

故人《こじん》　西《にし》のかた　黄鶴楼《こうかくろう》を辞《じ》し
煙花《えんか》　三月《さんがつ》　揚州《ようしゅう》に下《くだ》る
孤帆《こはん》の遠影《えんえい》　碧空《へきくう》に尽《つ》き
唯《ただ》見《み》る　長江《ちょうこう》の　天際《てんさい》に流《なが》るるを

古くからの友人（孟浩然）が西にある黄鶴楼に別れを告げ、春霞で煙る三月に揚州に下っていく。はるか彼方にポツンと見える帆影は青空に吸い込まれるように小さくなり、ただ長江が天の果てに流れてゆくのだけが見える。

わたしの「登黄鶴楼」詩の第二句の「樹洲」は、崔顥詩の漢陽樹（五句）と鸚鵡洲（六句）の末字を使用したもの。「あの崔顥が見た漢陽の樹々や鸚鵡洲が雨で見えない」という気持ちを込めた。

武漢の梅雨はドシャブリというのが定説だそうだが、わたしが訪問した日は珍しくこぬか雨が降ったりやんだりしていた。

4　故宮博物院で王羲之の書簡をみる（台北）

二〇〇六年に東京国立博物館で「書の至宝―日本と中国」展が開催された。国内の国宝・重文級の書作品が勢揃いした。中国・上海博物館からもかなりの出品があり、約一ヶ月の展示期間に延べ十八万人が会場を訪れたという。

とりわけ人気が高かったのが王羲之の書で、来場者は強化ガラスの仕切り板に張り付くようにして展示物に見入り、まさに牛歩の歩みであった。展示された王羲之の書十点のうち九点が日本で所蔵されているもので、残りの一点が上海博物館からの出品であった。

日本に王羲之の書が多く残されている理由を考えてみた。本家の中国では、王羲之の書は在世時から人気で、歴代の皇帝がその収集に努めたというが、戦乱で散逸したり、皇帝が副葬を命じたりしたため、本物の所在は中国ではほとんど確認できなくなった。

現存している王羲之の書の多くは、原本に薄い紙をのせ、文字の輪郭を精巧に書きとり、それを墨で丁寧にぬりつぶした「双鉤填墨《そうこうてんぼく》」と呼ばれる技法で作られた模本である。模本とは言え、当時、原本と寸分の違いも無かったと言われている。そのような模本が遣唐使により日本にもたらされ、千年を超える風雪に耐えて、大切に保存されてきたのだ。

台北の国立故宮博物院にも王羲之の模本がある。それは王羲之の三通の手紙を書写したもので、「三帖巻」と呼ばれる巻物である。王羲之の流麗な筆跡をしのばせるこの巻物には、清朝・乾隆帝の鮮やかな観印が押してあり、強い印象を受けた。あの乾隆帝の見た書簡の巻物を自分もこうして見ているのだと…。

そのときの印象をまとめたのが、次の七言絶句「故宮博物院《こきゅうはくぶついん》に題《だい》す」である。

（二〇〇二年秋作）

題故宮博物院

秋天宝館御林中
深院千編書画雄
最愛羲之三帖巻
光籠観印彼乾隆

秋天《しゅうてん》の宝館《ほうかん》　御林《ぎょりん》の中《うち》
深院《しんいん》　千編《せんぺん》　書画《しょが》の雄《ゆう》
最《もっと》も愛《あい》す　羲之《ぎし》　三帖《さんちょう》の巻《かん》
光《ひかり》は籠《かご》む　観印《かんいん》　彼《か》の乾隆《かんりゅう》

秋晴れの宝館は美林の中にあり、館内には多くの書画の傑作が展示されている。最も愛すべきものは王羲之の三帖の巻。あの乾隆帝の観印が、光が籠むように浮き出ている。

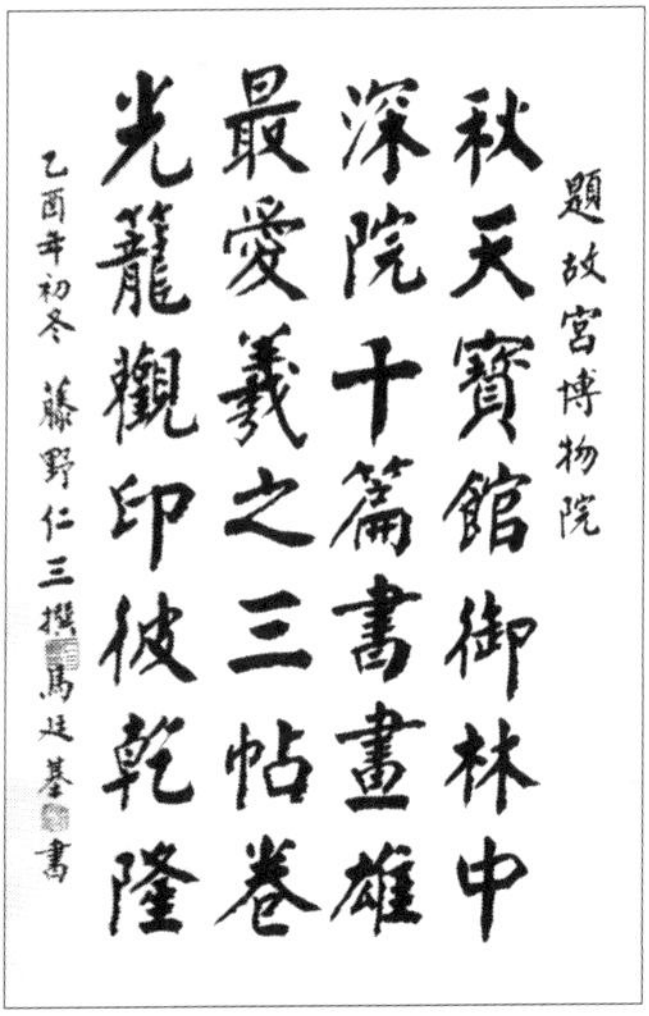
題故宮博物院
秋天寶館御林中
深院十篇書畫雄
最愛義之三帖巻
光籠襯印彼乾隆
乙酉年初冬　藤野仁三撰　馬廷基書
詩書（台北・馬廷基書）

王羲之は、楷書・行書・草書の各書体を完成させ、芸術としての書の地位を確立した。息子の王献之と共に「二王」と呼ばれている。王羲之の代表作には行書『蘭亭序』や『集王聖教序碑』、草書『十七帖』、楷書『楽毅論』『黄庭経』などがある。

前出のわたしの詩にみえる「三帖巻」とは「平安何如奉橘三帖」のことで、「平安帖」、「何如帖」、「奉橘帖」から成る。いずれも生活の細々とした内容を記した書簡だという。これも双鉤填墨による模本で、現存する模本の中で王羲之の書の真相に最も近いといわれている。

王羲之の書風について、歴史書の「晋書」は、列伝第五十「王羲之」の章で次のように記している。

…称其筆勢以為飄若浮雲矯若驚龍…

…其の筆勢を称して、飄《ひょう》なること（風に吹かれてひらひらと舞い上がるさま）浮雲《ふうん》のごとし、矯《きょう》なること（首を上げて勇み立つさま）驚龍《きょうりゅう》のごとし…

王羲之の書を形容する熟語として「浮雲驚龍」があるが、その出所は「晋書」のようだ。この熟語は書材として書道作品にもよく使用されている。

この詩はわたしの初期の作品である。知人を介して台北の書家に行書で書いてもらい、軸装して、時々、部屋の壁にかけている。

5　蓮池潭での思い出（高雄）

台湾・高雄を二〇一四年四月に訪問した。二泊三日の出張であった。高雄には羽田から直行便で出かけた。高雄行きの直行便は数が少なく、三日のうち仕事ができたのは中一日だけであった。観光はできないと覚悟していたが、知人の厚意もあって、午前の会合の始まる前に孔子廟に連れて行ってもらい、午後の会合ののちに佛光山に連れて行ってもらった。

高雄孔子廟（出所：ウィキペディア（英語）、https://en.wikipedia.org/wiki/Kaohsiung_Confucius_Temple）

孔子廟は高雄の中心街から北に十キロほど行った所にある淡水湖「蓮池潭」の北端にある。蓮池潭は、もともと貯水湖だったところを埋め立てて公園に整備したもの。現在では、全周三十五キロの湖岸に、「龍虎塔」、「春秋閣」、「孔子廟」などの観光スポットがある。孔子廟を案内してくれたのは、高雄の国立大学で教員をしている周天先生。大学での会合が始まる前に、早めにホテルを出て回り道をして孔子廟を案内してくれた。朝食も近くの露店でとった。そのときに食べた小籠包のおいしさは今でも忘れられない。

帰国後、次の七言絶句「孔子廟《こうしびょう》」を添えて、周天先生に礼状を送った。（二〇一四年春作）

孔子廟

龍虎遠景将欲行
与君入廟息風声

龍虎《りゅうこ》の遠景《えんけい》　将《まさ》に行《ゆ》かんと欲《ほっ》す
君《きみ》と廟《びょう》に入《い》れば風声《ふうせい》息《や》む

清晨暑熱似盛夏
不及周天迎我情

清晨《せいしん》の暑熱《しょねつ》　盛夏《せいか》に似《に》たるも
周天《しゅうてん》の我《われ》を迎《むか》える情《じょう》に及《およ》ばず

湖水を挟んで孔子廟の反対側にある龍虎が、今にも動き出しそうに見える。君と孔子廟に入ると風が止んだ。早朝にもかかわらず、蒸し暑く夏のような暑さである。しかし、この暑さも、案内してくれた周天先生のわたしを歓待してくれる情には及ばない。

わたしの漢詩は、李白の次の七言絶句を踏まえたもの。同じ韻字を使用して次韻詩として仕上げた。李白は「汪倫《おうりん》に贈《おく》る」で次のように詠んでいる。

贈汪倫　　　　盛唐・李白

李白乗舟将欲行
忽聞岸上踏歌声
桃花潭水深千尺

李白《りはく》　舟《ふね》に乗《の》り　将《まさ》に行《ゆ》かんと欲《ほっ》す
忽《たちま》ち聞《き》く　岸上《がんじょう》　踏歌《とうか》の声《こえ》
桃花《とうか》　潭水《たんすい》　深《ふか》さ千尺《せんじゃく》

不及汪倫送我情　　及《およ》ばず　汪倫《おうりん》の我《われ》を送《おく》る情《じょう》に

李白が舟に乗って出発しようとしたとき、ふと聞こえてきた岸の上の歌ごえ。汪倫が村人と手をつなぎ、足で音頭をとりながら歌をうたって見送ってくれている。いま舟がゆく桃花潭の淵は、深さが千尺。その深さも、汪倫がわたしを見送ってくれる情の深さには及ばない。

わたしのお礼の漢詩に対し、周天先生から返事がきた。先生は米国留学組で英語は堪能だが漢詩は得意ではないと謙遜し、九十歳過ぎの父親にわたしの漢詩を見せたという。そしたら「法律専門の日本人がこの詩を…」と言ったきり口をつぐんでしまったと知らせてくれた。そのとき、わたしはお褒めいただいたのだろうと勝手に解釈した。しかし、今、この稿を書いていて、「李白の詩を真似ただけではないか…」と言いかけたのではないかと、少し不安になっている。

6　佛光山寺の詩碑の前で（高雄）

周天先生との大学での会合のあと、遅い昼食をとった。高雄にいる教え子が、せっかくだからと地元の有名な観光地である佛光山寺に連れていってくれた。

そのときの印象を七言絶句「佛光山寺《ぶっこうざんじ》を訪《たず》ぬ」で次のように詠んだ。（二〇一四年春作）

訪佛光山寺

山門脱俗聞梵経
羅漢悠々五百形
本殿後光及堂外
教吾留止漢詩銘

山門《さんもん》　俗《ぞく》を脱《だっ》し　梵経《ぼんきょう》を聞《き》く
羅漢《らかん》　悠々《ゆうゆう》たり　五百《ごひゃく》の形《かたち》
本殿《ほんでん》の後光《ごこう》　堂外《どうがい》にも及《およ》び
吾《われ》をして漢詩《かんし》の銘《めい》に留止《りゅうし》せしむ

山門に入ると俗気が抜け、時折、読経の声が聞こえてくる。五百羅漢が参道沿いに連なり、悠然とした雰囲気である。宝殿の座仏の後光は、堂内だけではなく堂外にも及んでいる。わたしは、宝殿の後ろの石壁に刻された漢詩に魅了され、そこにしばらくたたずんでいた。

佛光山五百羅漢
（出所：326郷鎮市行脚、https://mypaper.pchome.com.tw/wang319/post/1311992169）

この詩も世話してくれた教え子にお礼として献呈した。

7　南山韓屋村の対聯（ソウル）

韓国人の対日感情は、一般に古い世代ほど悪いという。それは幼少期の反日教育の影響も一因であろうが、秀吉の朝鮮征伐や韓国併合など、日韓の負の歴史が生みだした必然の感情だと考えた方がよさそうだ。

儒教という共通の価値基盤をもつ両国が、なぜかくも鋭く反目するのか。理由の一つとして考えられるのは、儒教を生活上の規律として守り抜く律儀さの違いにあるのかもしれない。江戸期には、日本人は朝鮮半島では「島夷」と呼ばれていた。島に住む野蛮人という意味であろう。朝鮮通信使の記録にも、日本の風俗が儒教的な礼節に欠けており、文化的にも劣るとの記載があるという。そのような儒教的感性の違いが、反日という遺伝子となってときどき活性化するのかもしれない。

わたし自身は、仕事の関係で何度も韓国を訪れているが、出会った人たちが反日的だと感じたことは一度もない。二〇一〇年三月、韓国の大学で国際シンポジウムがあり、わたしも発表者の一人として参加した。かつて留学生だった教え子が、公式行事後も半日ほどつきあってくれて市内見物に連れていってくれた。

その一つがソウルの中心地、明洞に近い「南山コル韓屋村」である。もともとは軍事保護区域だったものを、観光開発事業の一環として、ソウル市が敷地を買い受け、韓屋五棟を移築して復元したものだという。一九九八年に一般公開され、現在では多くの観光客を集める人気スポットとなっている。

そのときの印象をまとめたのが次の七言絶句「南山《なむさん》の韓屋村《かんおくむら》」である。(二〇一〇年春作)

南山韓屋村

明洞繁華楼挂天
近傍一画誇門聯
韓家復古旧情趣
正是李朝五百年

明洞《みょんどん》 繁華《はんか》にして 楼天《ろうてん》に挂《かか》る
近傍《きんぼう》の一画《いっかく》 門聯《もんれん》を誇《ほこ》る
韓家《かんか》 復古《ふっこ》す 旧情《きゅうじょう》の趣《おもむき》
正《まさ》に是《こ》れ 李朝《りちょう》 五百年《ごひゃくねん》

明洞は繁華な街で、高楼が天からぶら下がるように立ち並ぶ。その近くの一画に韓屋村があり、家屋の門聯が目立つ。展示されているのは両班など昔の貴族階級の住居。これこそ正に、李朝五百年の文化を物語っている。

この詩のキーワードは、「門聯」と「李朝五百年」。門聯とは、たて長の板に論語の一節や漢詩の有名なフレーズを墨書したもので、家の門や柱に左右に飾るためのもの。対聯や柱聯ともよばれる中国伝来の風習である。

他方、李朝五百年は、一三九二年から約五百年続いた李氏朝鮮のこと。これを四句に据えたため、この詩の脚韻は「先」の韻目に属する韻字から選ぶことになる。第一句に「天」、第二句に「聯」を入れて脚韻を整えた。この詩のキーワードである「聯」と「年」が同じグループに属する韻字なので都合がよい。

8　奉恩寺板殿の扁額（ソウル）

ソウル市内を東西に流れる漢江《はんがん》の南岸に江南《かんなむ》地区がある。かつてはなだらかな丘陵の続く農村地帯だったというが、今では都市開発が進み、近代的なビルや高級ホテルが林立するソウルの誇る新都心である。

その江南の一画に奉恩寺《ほうおんじ》がある。李朝時代から続く韓国を代表する名刹で、禅宗の流れをくむ。境内は広大で、多くの祠堂があり、その一つが板殿《ばんでん》である。木版に刻んだ経典版を保管する建物で、華厳経や詩文などの木版本が数多く保管されており、ソウルの有形文化財に指定されている。

正面に金文字で「板殿」と書かれた扁額がある。その書体は、李朝時代屈指の書家として知られる金正喜（一七八六〜一八五六）のもの。独特な書体で、彼の号・秋史《しゅうし》にちなんで「秋史体」と呼ばれている。落款に「七十一病中作」とあるので、金秋史七十一歳のときの書で、病身をおして揮毫したことがわかる。揮毫して三日後に亡くなったという伝承もある。

その奉恩寺を訪ねたときの感慨を詠んだのが次の七言絶句「奉恩寺《ほうおんじ》の板殿《ばんでん》」である。

（二〇一二年春作）

奉恩寺板殿

大堂小宇総禅風
万巻経書板殿中
扁額無弛秋史体
安知執筆病身翁

大堂《たいどう》　小宇《しょうう》　すべて禅風《ぜんふう》
万巻《ばんかん》の経書《けいしょ》　板殿《ばんでん》の中《うち》
扁額《へんがく》　弛《ゆる》み無《な》し　秋史体《しゅうしたい》
安《いず》くんぞ知《し》らん　筆《ふで》を執《と》るは　病身《びょうしん》の翁《おう》

奉恩寺板殿の縣板
（出所：川西裕也「青邱古蹟集真」http://krruins.cho88.com/kyonggi-do/seoul/pg790.html）

奉恩寺境内の堂宇は、すべてが禅風である。その一つに板殿があり、そこには万巻の経典が保管されている。板殿の扁額の題字は、点画にゆるみのない秋史体で書かれている。その雄渾な筆跡を見れば、筆をとったのが病身の老人であったとどうして考えられよう。

金正喜は朝鮮・李朝後期の実学者。書芸、金石学の巨匠で、書聖とも呼ばれた。慶州出身の名門の生まれで、二十五歳で北京を訪れ、清代の碩学と交流を深め、その資質がたかく評価されたという。帰国後も親交を続け、金石学、書画、経学の各分野で業績を残した偉人である。

金正喜は、当時の日本の文化人についてもかなりの情報を得ていた。その情報は朝鮮通信使から得たものだと考えられている。彼の五言古詩十首に多くの日本人の儒学者や画家・文人の名が見える。

次の詩はその中の一首である。

其一

朝鮮・金正喜

説経何奇特
曽見伊物書
後出加邃密
仁斎未是疎
且須平心看
一切門戸除

経《きょう》を説《と》いて何《なん》ぞ奇特《きとく》たる
曽《かつ》て見《み》る伊物《いもの》の書《しょ》
後《のち》に出《い》でて邃密《すいみつ》を加《くわ》えるも
仁斎《じんさい》　未《いま》だ是《これ》れ疎《そ》ならず
且《まさ》に須《すべか》らく平心《へいしん》に看《み》るべし
一切《いっさい》の門戸《もんこ》を除《のぞ》いて

四書五経を説いた書物として飛び抜けて優れているのは、かつて見た伊藤仁斎と荻生徂徠の書（伊物の書）である。のちに出た人たちはそれを基にして、加えながら学問を深めてゆく（加邃密）。とくに伊藤仁斎の論は一分のすきもみせない優れたものである。一切、門戸にとらわれずに、平らな心でもって物事の分別をきわめるべきであろう。

9　都羅山での感慨（坡州）

都羅山は民間人が訪問できる韓国最北の地、坡州《はしゅう》にある。季節は黄砂が飛び始める二月。ソウルから車で、鉄条網が張り巡らされたイムジン河沿いに北上した。所々にある監視所を見て、南北の緊張が今も続いていることを実感したのを覚えている。

終点の都羅山駅は近代的な建物で、近くには家族向けの遊園地もある。南北の非武装地帯を一望できる都羅山展望台を訪ねたときの印象を、次の「二月《にがつ》に坡州《はしゅう》を訪《たず》ね偶々《たまたま》成《な》る」で詠んだ。（二〇一五年春作）

二月訪坡州偶成

都羅山麓黄塵飛
南北境辺春色帰
初覚鴛鴦未和合
臨津江上伴游稀

都羅山麓《とらさんろく》　黄塵《こうじん》飛《と》び
南北境辺《なんぼくきょうへん》　春色《しゅんしょく》　帰《かえ》る
初《はじ》めて覚《おぼ》ゆ　鴛鴦《えんおう》の未《いま》だ和合《わごう》せず
臨津江上《いむじんこうじょう》　伴《とも》に游《あそ》ぶこと稀《まれ》なるを

都羅山麓に砂塵が飛び、南北の境界線にもようやく春が戻ってきた。当地に来て、おしどりがここでは未だ仲直りしておらず、イムジン河で一緒に泳ぐことは稀なことを初めて知った。

前半二句は非武装地帯の遠景を描写し、後半二句でイムジン河に焦点を移す。鴛鴦《おしどり》が「伴に遊ぶこと稀なり」と表現して、分断された民族がいまだに仲直りできないでいることを比喩的に描写した。

学生時代に「イムジン河」というフォークソングが流行っていて、「イムジン河水清く」という冒頭の歌詞をいまでも覚えている。しかし、川沿いの高速道路から見た限りでは、清流のイメージとはかけ離れていた。

余談だが、「イムジン河」は、ザ・フォーク・クルセダーズの歌として一九六八年に東芝からレコードが発売される予定であった。しかし、歌詞が原詩と異なるという朝鮮総連からの抗議や、北朝鮮の宣伝歌が日本で広がることに対する韓国大使館の反発などもあり、政治問題化することへの懸念から、日本でのレコード発売は自主的に中止された。

10　仏国寺で加藤清正を憶う（慶州）

わたしの好きな歴史上の人物は加藤清正である。清正は、文禄・慶長の役で、釜山から東路をとり、今の北朝鮮の辺安から日本海沿いのロシア国境近くまで北上している。清正は征戦中、部下による略奪や暴行の禁止を命令した高潔の指揮官というイメージがある。そのような指揮官がなぜ、当時慶州一の大伽藍といわれた仏国寺を焼き払ったのか、それがわたしの胸の中でくすぶっていた疑問であった。

いつか仏国寺を訪れたいと思っていたが、念願かなって晩秋の仏国を訪れることができた。そのとき詠んだのが次の七言絶句「晩秋《ばんしゅう》の仏国寺《ぶっこくじ》」である。（二〇一五年秋作）

晩秋仏国寺

慶州冷気満秋天
郊野遥看旧墓円
大宇復元鮮瓦色
唯黔石使念軍扇

慶州《けいしゅう》の冷気《れいき》　秋天《しゅうてん》に満《み》ち
郊野《こうや》　遥《はる》かに看《み》る　旧墓《きゅうぼ》の円《まどか》なるを
大宇《だいう》　復元《ふくげん》され　瓦色鮮《がしょくあざ》やかなり
ただ黔石《けんせき》のみ　軍扇《ぐんせん》を念《おも》わしむ

慶州は抜けるような秋空で、冷気が気持ちよい。郊外を見渡せば遥かに円墓が点在しているのが見える。仏国寺の伽藍は復元され、屋根瓦の色が鮮やかに蘇っている。ただ、焼け痕を示すすすけた礎石（黔石）を見たとき、軍配団扇を片手にした加藤清正の姿を憶い浮かべた。

仏国寺（著者撮影）

文禄・慶長の役には九州を中心にした多くの西国の諸大名が出征したが、その中には若き伊達政宗も含まれていた。

政宗は、幼年時代から仙台で漢籍を学んでおり、多くの漢詩を残している。出征先の朝鮮から、「小西軍がウルサン（蔚山）に進軍したところ、敵は応戦しないで退散した。いずれ明、高句麗、日本の三国で和を講ずることになるだろう」との見通しを報告している。手紙には、次の一首が添えられていた。詩題は仮置き。

絶句

伊達政宗（安土桃山）

何知今歳棹滄海
高麗大明属掌中
匣剣嚢弓治国処
帰帆須是待秋風

何《なん》ぞ知《し》らん　今歳《こんさい》　滄海《そうかい》に棹《さお》さし
高麗《こうらい》　大明《たいめい》　掌中《しょうちゅう》に属《ぞく》せんとは
剣《けん》を匣《はこ》して弓《ゆみ》を嚢《ゆぶくろ》にして国《くに》を治《おさ》める処《ところ》
帰帆《きはん》　須《すべから》く是《こ》れ　秋風《しゅうふう》を待《ま》つべし

誰がこんなに物事がうまく運ぶと思ったことだろう。今年、海を渡って朝鮮征伐に来てみれば、高麗も大明も屈服し、我が掌中におさまることとなった。剣を箱にしまい、弓をゆぶくろに入れて、あとは国の治安と安定をはかるばかりだ。しかし、治安が回復するにはいましばらく時を要するだろう。日本に帰れるのは、やはり秋風を待たねばならないだろう。

11　チェジュ島で門を出でず（済州島）

二〇〇九年十月、北京で開催された日中韓三国の首脳による「第二回日中韓サミット」

で、三国の協力分野として「大学間交流」が取り上げられた。そのため、日中韓をはじめとするアジア地域の協力強化が求められる共通の成長分野で、国公私立大学が中国や韓国を中心とした国や地域からの外国人学生を受け入れ、産業界と連携して、実践的教育を提供する取組を重点的に支援する国の事業「キャンパス・アジア」が立ち上げられた。

わたしの勤務する大学もこの事業に参加するため、中国の人民大学、韓国の弘益大学と連携して応募することにした。応募は各国それぞれが行うものの、学生の受け入れや学術交流を行う関係上、事前の打ち合わせが必要となった。急遽、開催が決まったため、打ち合わせ場所は、三国にとってビザ不要の韓国チェジュ島（済州島）に決まった。

担当としてチェジュ島にはわたしが出張した。空港からホテルに向かうバスから見た町並みはきれいで、店舗もおしゃれであった。済州島は、石・風・女の「三多」の島と呼ばれるそうだが、あちこちに石積みの垣根があり、たしかに岩は多そうである。

ホテルには昼過ぎに到着した。直ぐに担当者間の打ち合わせを開始し、夜まで打ち合わせを行った。翌日も、朝から夕方まで文案の修正を行い、ホテルをチェックアウトしたのは、飛行機の出発予定の一時間前であった。

そのときの様子を詠んだのが次の五言絶句「門《もん》を出《い》でず」である。

不出門

英発済州島
案文不出門
意教三大学
定立世交源

英発《えいはつ》す　済州島《さいしゅうとう》
文《ぶん》を案《あん》じ　門《もん》を出《い》でず
意《こころ》は三大学をして
世交《せいこう》の　源《みなもと》を定立《ていりつ》せん

中韓の気鋭の研究者は、済州島での打ち合わせで才知が湧き出ている。学術交流のための協定書の案文を協議するため、ホテルから外に出ることはできなかった。その心は三大学をして、世代を超えた交流の基礎を定立することにあった。

帰国後、この漢詩に英訳をつけた記念のカードを作り、打ち合わせメンバーに贈った。英訳は次のようにした。

Being bright in Jeju Island,
Hard workers plan for collaboration,

Helping three universities depart each land,
And adjoin the others over generation.

漢詩の脚韻は韻字「元」のグループに属する「門」と「源」。英訳では、-land と -ration で韻を踏ませた。

12　ネピドーでの舟遊び（ミャンマー）

ミャンマー（旧ビルマ、緬甸《めんでん》）の首都ネピドーを講演のために訪れた。ネピドーは新しく開発された行政都市で、ヤンゴンから飛行機で一時間ほど北上する。建物や道路はすべて新しい。

講演が終わりヤンゴンに戻る飛行機が出るまでに時間があったので、同行したT先生と一緒に、郊外にある観光地ナレイク・ダムに出かけることにした。市内の片側十車線の広い大通りをタクシーで抜けると、間もなく田園地帯に入った。田んぼでは水牛が犂《すき》をひき、熱帯樹の生えた道路わきには棕櫚《しゅろ》の葉で葺《ふ》いた高床の粗末な民家がたつ。のどかな亜熱帯の田園風景である。

目的地のナレイク・ダムは巨大なため池であった。おそらく灌漑用のため池として作られたのであろうが、現在では観光地として売り出し中である。湖畔に熱帯樹に囲まれたおしゃれなコテージやレストランなどが整えられていた。ネピドーでも屈指のリゾート施設であるという。

小舟で湖を周遊したときの感慨を、次の七言絶句「緬甸《めんでん》の湖《みずうみ》で遊《あそ》ぶ」にまとめた。

（二〇一五年春作）

游緬甸湖

湖頭玉舎檳榔裏
湖上空籠瘦竹端
笑問何須波上檻
君言捕鳥具正餐

湖頭《ことう》の玉舎《ぎょくしゃ》　檳榔《びんろう》の裏《うち》
湖上《こじょう》の空籠《くうろう》　瘦竹《そうちく》の端《たん》
笑《わら》って問《と》う　何《なん》ぞ波上《はじょう》に檻《おり》を須《もち》いんや
君《きみ》は言《い》う　鳥《とり》を捕《と》らえ　正餐《せいさん》に具《ぐ》せんと

湖畔に素敵なコテージが檳榔《びんろう》の樹に囲まれている。湖上には瘦《や》せ竹の竿が立ち並んでその端に籠がぶら下がっている。「なんで水上に籠をつるすの？」とお気楽な質問をすると、君は「鳥を捕まえて今日の晩餐の食材にするのさ」と答えた。

行政都市ネピドーでは、日本の霞ヶ関のように政府機関が一箇所に集まっていない。その理由を聞くと、クーデターなどで簡単に制圧されないように、わざと離れた場所に置いているのだという。道路も片側十車線で、真っ直ぐな大通りである。もしかすると、非常時には大通りに戦闘機が離着陸できるようにしたものかもしれない。本稿執筆時(二〇二一年一月)に軍部によるクーデターが起き、ネピドーの大通りが戦車で制圧されているニュース映像を見て、実際にクーデターが起こる国であることを思い知らされた。ナレイク・ダムでゆっくりと舟遊びをすることなどは、今ではとても適わないことであろう。

千年以上前、移動手段が馬や舟に限られていた時代の中国では、政治犯は僻遠の地である中国・嶺南に流された。そこは、気候風土が北方と異なり、言葉の通じない、疫病が蔓延する蛮地であった。しかし、そこで多くの名詩が生まれている。

その一つが、次に挙げる楊炎《ようえん》(七二七〜七八二)の五言絶句「崖州《がいしゅう》に流《なが》され鬼門関《きもんかん》に至《いた》るの作《さく》」である。鬼門関とは、現在のベトナムのハノイ付近にあった交通の要衝で、唐代には「鬼門関、十人のうち九たりは還らず」ということわざができるほど僻遠の地であった。そこは死の世界への関門とみなされていた。

流崖州至鬼門関作　　盛唐・楊炎

一去一万里
千知千不還
崖州何処在
生度鬼門関

一《ひと》たび去《さ》りて　一万里《いちまんり》
千《せん》たび知《し》る　千《せん》たび還《かえ》らざるを
崖州《がいしゅう》　何《いず》れの処《ところ》にか在《あ》る
生《い》きて度《わた》る　鬼門関《きもんかん》

一旦去って一万里もゆけば、二度と帰還できないことはよく承知している。はたして崖州はどこにある。生きながら「鬼門関」を越えていく。

「生きて死者の世界への境界を越えていく」と詠んだ楊炎は、結局、配地で果て、二度と本土に戻ることはできなかった。

それを考えると、ミャンマー内陸の奥地の溜め池で半日舟遊びができる現代の旅人はお気楽なものである。

第六章

悲歌慷慨

1　ロシアの軍事侵攻を嘆く（ウクライナ）

ロシアは二〇二二年二月二十四日、ウクライナへの軍事侵攻を開始した。当初、ウクライナ東部への「特別軍事作戦」と発表されたが、ミサイル攻撃の対象は次第に拡大され、首都キーウにまで及ぶようになった。その後の状況は、連日、日本のメディアで報じられている。惨状を見るにつけ、暗澹たる気持ちにさせられる。建物の地下室に閉じ込められ、逃げたくても逃げられない人々の心中は察して余りある。

ウクライナの惨状についての報道を聞きながら、極東でのロシアの南下政策について考えてみた。

江戸時代中期に、日本沿海の防護の重要性を説いたのが林子平《はやししへい》（一七三八～一七九三）である。仙台藩士だった林子平は、函館から長崎まで全国を行脚し、ロシア南下の危機がせまっていることを実感し、『三国通覧図説』や『海国兵談』を著した。しかし、幕府は、それを幕政批判であるとして子平を弾圧し、版木を没収した。

『海国兵談』が発刊された翌年の一七九二年に、ロシア使節ラクスマンが根室に来航した。そのときに幕府は、通商許可をほのめかして長崎入港の許可証である「信牌《しんぱい》」を与えて取りあえず帰国させた。

それから十二年後の一八〇四年、ロシア使節レザノフが信牌をたずさえて長崎に来航した。幕府は長崎入港をきびしく拒絶し、レザノフは半年艦上で待機を強いられ、結局、帰国した。その後、ロシア軍艦が樺太・択捉を襲撃する事件が起こり、一八一一年にはロシア軍艦艦長のゴローニンの監禁事件へと発展した。日露和親条約が結ばれ、函館、下田、長崎が開港されたのは一八五五年である。

このような日露の関係に思いを馳せながら詠んだのが次の「世事雑感」である。

（二〇二二年春作）

世事雑感

鉄車轔轔哭声哀
飛弾連連廃屋堆
悟得先賢論海防
子平既識鄂羅来

鉄車《てっしゃ》　轔轔《りんりん》　哭声哀《こくせいあい》たり
飛弾《ひだん》　連連《れんれん》　廃屋《はいおく》　堆《うずたか》し
悟《さと》り得《え》たり　先賢《せんけん》の　海防《かいぼう》を論《ろん》ずるを
子平《しへい》　既《すで》に識《し》りおり　鄂羅《べきら》来《く》るを

戦車の隊列が轟々と音をたてあらゆるものを踏み砕いてゆく。夫や子供を殺された婦人の泣き声が哀しみを誘う。ミサイルの砲弾が休みなく降り注ぐ。市街には破壊された建物がうずたかく重なっている。この惨状を見て、昔の偉人が海防の大切さを説いた理由がようやく得心できた。林子平は、いずれロシア（鄂羅）が洋上を南下して押し寄せてくることを既に知っていたのだ。

この漢詩では、前半がウクライナの惨状を詠み、後半で日本での著者の心象を詠む。第一句の「轔轔」は杜甫の「兵車行」の初句「車轔轔　馬蕭蕭」を踏まえたものである。「哭声」は『詩経』の「婦人哭声」を踏まえ、夫や子供を猛虎に殺された婦人が哀しみなげくことをいう。第二句の「飛弾連連」は間断なく飛んでくるミサイルをイメージした。第三句は場面を日本に変えて、かつてロシアの南下政策に警鐘を鳴らした人たちに思いを馳せる。第四句でさらに具体的に林子平の『海国兵談』に焦点をあてる。

小室屈山《こむろくつざん》（一八五八〜一九〇八）は明治期の漢詩人である。帝国議会議員を経て、地方新聞の主筆をつとめながら自由民権運動を進めたジャーナリストでもある。世の中が「日露戦争は不可避」というムードに湧いていたときに屈山は次のように詠んでいる。

無題

小室屈山（明治）

縦横韜略見雄才
百歳籌謀烱眼開
片語至今猶可快
拍崖浪自鄂羅来

縦横《じゅうおう》の韜略《とうりゃく》 雄才《ゆうさい》は見る
百歳《ひゃくさい》の籌謀《ちゅうぼう》 烱眼《けいがん》が開《ひら》く
片語《へんご》 至今《しきん》 猶《なお》 快《こころよ》かるべし
崖《が》拍《け》つ浪《う》 鄂羅《べきら》自《よ》り来《き》たる

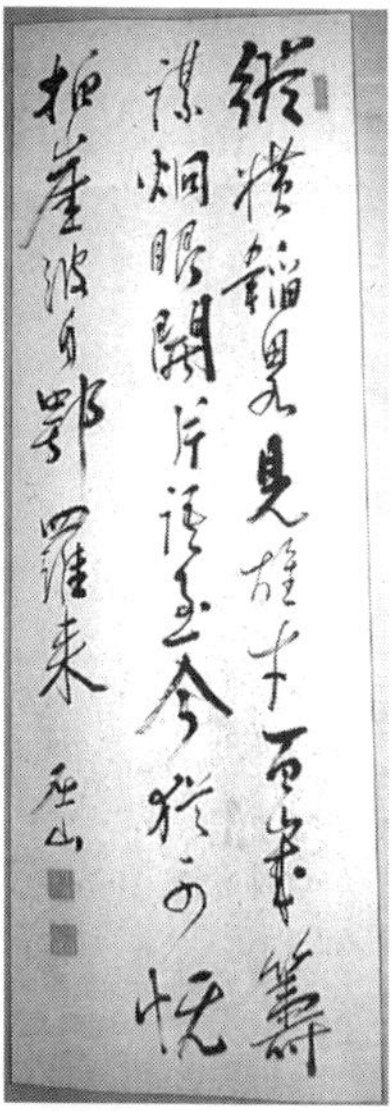
屈山詩書掛軸
（佐藤昌康氏提供）

優れた才能をもつ兵法家（雄才）は、多くの兵法書（縦横韜略）を読み、物事を見抜く力（烱眼）をもって百年の謀り事（籌謀）を作り上げた。その一語一語（片語）は今でも心に響く。そのひとつが「崖をうつ浪のようにロシア（鄂羅）が押し寄せてくる」である。

「百歳の籌謀」とは百年前の林子平の海防論をいうのであろう。屈山が揮毫したこの七言絶句は掛け軸として表装され、地方の旧家の床の間を飾っている。

2 開城工業団地の閉鎖（ケソン）

北朝鮮のケソン（開城）市に一大工業団地を作るという構想は二〇〇〇年六月に発表された。北朝鮮が土地と労働力を提供し、韓国が技術と資本を提供するというもので、南北の歩み寄りの象徴であった。

二〇一三年二月に北朝鮮が三度目の核実験を行ったため、国連は北朝鮮に対する制裁を決定した。翌三月にはアメリカ軍と韓国軍の共同軍事演習が行われた。こうした状況を受けて北朝鮮はケソン工業地区の閉鎖を警告し、韓国人従業員の立ち入りを禁止。南北間に一気に緊張が走った。

その年の四月、ソウルで開催された国際学術討論会に参加するため韓国に出張した。当時、日本のメディアは、ソウルが朝鮮戦争後最大の緊張にあると報道していた。そんな時期の韓国出張だったため、職場の同僚や家族はわたしの訪韓を心配した。

しかし、大方の予想に反し、ソウル市内は落ち着いたものであった。日本で報道されているような緊張感はまったくなく、学術討論会の参加者との会話で南北間の緊張が話題になることもなかった。

そのときに詠んだのが次の七言絶句である。（二〇一五年春作）

雑　詩

将軍壮語盛無双
遂閉開城背友邦
堪訝兵糧何処得
知民棄里入寒江

将軍《しょうぐん》の壮語《そうご》　盛《さか》んなること双《ふた》つと無《な》し
遂《つい》に開城《けそん》を閉《と》じ　友邦《ゆうほう》に背《せ》を向《む》ける
訝《いぶか》るを堪《た》えん　兵糧《ひょうろう》　何《いず》れの処《ところ》から得《え》んと
知《し》んぬ　民《たみ》は里《さと》を棄《す》て　寒江《かんこう》に入《い》るを

将軍様の大言壮語はこれまでと比較にならないほど過激になった。ついには南北協同の象徴であり、経済的な富を生み出すケソンまで封鎖し、南の企業を追い出してしまった。不思議に思うのは、軍拡一路でどうやって人々の食料を確保しようというのだろうか。日々の食べ物にも事欠く人民が、故郷を捨て冷たい鴨緑江を渡るのであろう。

ソウルからの帰路、機内で面白い新聞記事を読んだ。その記事は、諸外国で朝鮮半島の南北間の緊張を大きく報道しているのになぜ韓国は冷静な対応ができるのか——という視点で書かれたものであった。その記事によれば、韓国はこれまで多くの緊張関係を経験しており、北がどのように出てくるかが予想できていて、少なくとも今回は紛争の勃発には至らないだろうと踏んでいるというのである。外国人記者の書いた記事であったが、鋭い観察だと感心したことを覚えている。

前述の詩は、「女民兵《じょみんへい》の歌《うた》」という中国・毛沢東（一八九三〜一九七六）の七言絶句から想をえたものである。毛沢東は次のように詠んでいる。

女民兵歌

中国・毛沢東

颯爽英姿五尺槍
曙光初照演兵場
中華児女多寄志
不愛紅装愛武装

颯爽《さっそう》　英姿《えいし》　五尺《ごしゃく》の槍《やり》
曙光《しょこう》　初《はじ》めて照《て》らす　演兵場《えんぺいじょう》
中華《ちゅうか》の児女《じじょ》　寄志《きし》多《おお》し
紅装《こうそう》を愛《あい》さず　武装《ぶそう》を愛《あい》す

五尺の鉄砲を手に颯爽とした女民兵の立ち姿が、朝日さす練兵場にりりしく映える。中国の女子は人並みすぐれた意志をもつ。化粧よりも武装を好む。

毛沢東は絶句の名手であり、多くの作品を残している。「女民兵歌」はその一つ。この七言絶句の内容と北朝鮮の公式報道メッセージには、底流に何か同質のものが流れているように思える。つまり、民衆を鼓舞し、その支持を維持するために発信されたメッセージである。

3　珊瑚礁の埋め立て（辺野古）

沖縄・普天間基地の辺野古への移設が問題となっている。わたしは環境破壊をゆるすべきではないという立場から、辺野古の埋め立てには反対である。現地で反対運動に参加している知人もいるが、わたしにはそのまねはできない。ただ、黙っていると、為政者が「異論ナシ」と都合のよい解釈をしそうなので、自分の思いを漢詩で表しておく。それが次の七言絶句である。（二〇一八年夏作）

辺野古

国破人与草木傷
市中基地覇居長
珊瑚処処名護海
安要礁頭滑走場

国破《くにやぶ》れ　人《ひと》と草木《そうもくきず》傷つき
市中《しちゅう》の基地《きち》　覇居長《はきょなが》し
珊瑚《さんご》　処処《しょしょ》　名護《なご》の海《うみ》
安《いずくん》ぞ要《よう》す　礁頭《しょうとう》の滑走場《かっそうじょう》

戦争に敗れ、島の人々と自然が傷ついた。街なかに米軍の基地が居座って久しい。珊瑚礁があちらこちらにある名護の海、どうしてそこを埋め立て、滑走路にする必要があろう。

第一句の「国」とは沖縄のこと。第二句の「覇居」は、現代中国で社会問題となっている「覇座」（他人の席に居座ること）からの転用であるが、「覇座」の座は、平仄のルール上ここでは使えないので「覇居」とした。

「辺野古」詩の前半二句のテーマは、「国破れて基地在り」である。後半二句は、自然豊かな現在の景観を描写し、それを破壊することの愚挙を詠んだ。この詩は、杜甫の「春《しゅん》望《ぼう》」詩を意識したもので、杜甫は次のように詠んでいる。

春望　　盛唐・杜甫

国破山河在
城春草木深
感時花濺涙
恨別鳥驚心
烽火連三月
家書抵万金
白頭掻更短
渾欲不勝簪

国破《くにやぶ》れて　山河《さんが》在《あ》り
城春《しろはる》にして　草木深《そうもくふか》し
時《とき》に感《かん》じては　花《はな》にも涙《なみだ》を濺《そそ》ぎ
別《わか》れを恨《うら》んでは　鳥《とり》にも心《こころ》を驚《おどろ》かす
烽火《ほうか》　三月《さんげつ》に連《つら》なり
家書《かしょ》　万金《ばんきん》に抵《あた》る
白頭《はくとう》　掻《か》けばさらに短《みじか》く
渾《す》べて簪《しん》に勝《た》えざらんと欲《ほっ》す

戦争によって都が破壊されたが、山河は昔のままの姿をみせている。荒廃した城内に春がきて、草木は深々と生い茂っている。戦乱の時代を思うと、花を見ても涙が流れてくる。家族との別れを悲しんでは、鳥のさえずりを聞いても心が痛む。戦《いくさ》ののろしは三ヶ月続き、家族からの手紙は万金に値する。白髪頭を掻けば髪はいっそう短くなり、かぶり物のかんざしをさすこともできない。

高校の漢文教科書に載るほど有名な五言律詩なのでご存じの読者は多いだろう。細川護煕氏は『中国 詩心を旅する』（文藝春秋）の中で、「国破れて山河在り。第二次世界大戦のあと、これほどまで日本人の心に沁み透ったことばはなかったのではないか」と絶賛している。

杜甫の時代には戦争で国が破れても山河は残った。今、沖縄では、戦争抑止という名目で美しい珊瑚礁が破壊されている。戦後はまだ続いているのである。

4 「夫子の志　堅かるべし」（永田町）

同好の人たちと国会議事堂を見学する機会があった。ちょうど参議院の会期中で、見学が許されたのは衆議院だけであったが、初めての議事堂見学でとても印象深かった。折しも、当時の首相が主催した「桜を見る会」をめぐる疑惑が表面化し、長期政権のおごりや緩みとして批判を浴びた時期である。高級官僚による「忖度《そんたく》」の問題も批判の対象となっていた。
国会議事堂を見学した感想を五言絶句「国会議事堂を訪ぬ」で次のように詠んでみた。
(二〇一九年秋作)

訪国会議事堂

夫子修身其志堅
安漁位序計存全
近時多見浮剽士
軽挙紛々蔭永田

夫子《ふうし》　身《み》を修《おさ》め　其《そ》の志《こころざし》　堅《かた》かるべし
安《いず》くんぞ　位序《いじょ》を漁《あさ》り、存全《そんぜん》を計《はか》らんや
近時《きんじ》　多《おお》く見《み》る　浮剽《ふひょう》の士《し》
軽挙《けいきょ》　紛々《ふんぷん》として　永田《ながた》を蔭《かげ》す

政治家たる者、行いを正しくして、その志は堅固でなければならない。どうして身分や官位を追い求め、地位の保全を計ることがゆるされよう。このところ、浮ついた行動をする軽薄な議員が多い。軽はずみな行動が入り乱れ、永田町に暗い影がさしている。

この漢詩は、西郷隆盛(一八二七〜一八七七)の「感懐」詩を踏まえ、同じ脚韻を使用して次韻詩にした。

中央政界から引退した西郷隆盛は、大久保利通に送った手紙の中で次のように詠んでいる。

感懐　　　西郷隆盛（明治）

幾歴辛酸志始堅
丈夫玉砕愧甎全
我家遺事人知否
不為児孫買美田

幾《いく》たびかの辛酸《しんさん》を歴《へ》て　志《こころざし》始《はじ》めて堅《かた》し
丈夫《じょうぶ》　玉砕《ぎょくさい》するとも　甎全《せんぜん》を愧《は》ず
我《わ》が家《いえ》の遺事《いじ》　人《ひと》知《し》るや否《いな》や
児孫《じそん》の為《ため》に美田《びでん》を買《か》わず

いくたびもの辛い経験によって人の志は鍛えられ堅固となる。男子たるもの、むしろ玉となって砕けるとも、甎、すなわち瓦となって生をまっとうすることを恥とする。我が家の遺訓を人は知っているだろうか。それは、子孫のために立派な田畑を買い残さないことなのだ。

中国の諺に「大丈夫は寧《むし》ろ玉砕すべし。瓦全《がぜん》する能《あた》わず」というのがある。二句は、この諺を踏まえたのであろう。四句の「児孫の為に美田を買わず」もよく知られて故事成語となっている。それはまさに西郷隆盛の生き様を表している。明治新政府の要人となったのちも、簡素な生活に終始し、給金は郷土の私学校創設に投じたといわれている。

5　朝礼暮改の南船北馬（永田町）

二〇二〇年の年末から翌年初頭にかけて、第三波のコロナ感染が広まった。そして年明けて間もない一月七日、政府の非常事態宣言が出された。折しもこの日は「七草の節句」。古来、邪気を祓うために七草の入った粥を食べて一年の無病息災を祈る日である。緊急事態宣言の発出にあたり、政府関係者に願をかけたい気分もあったのだろう。

首相による非常事態宣言の記者会見を見て作詩したのが、次の五言絶句「辛丑《かのとうし》の新年《しんねん》の作《さく》」である。（二〇二一年初春作）

辛丑新歳作

秋　令　催　北　馬

秋令《しゅうれい》　北馬《ほくば》を催《もよお》し

歴歳止南船　歳《とし》を歴《へ》て　南船《なんせん》を止《と》める
粗漏新丞相　粗漏《そろう》なり　新丞相《しんじょうしょう》
不須知者賢　知者《ちしゃ》の賢《けん》を須《もと》めずとは

秋口に各地の観光地に出かけようと「GoToトラベル」のお触れが出た。ところが、年を越したら今度は不要不急の外出は自粛するようにとのお達しとなった。手抜かりですぞ、新首相殿。物事の道理を知る人の声に耳を貸さなかったとは。

政府のコロナ感染対策の説明の際に、必ず「専門家の意見を聞いて」という枕言葉がつく。問題は「専門家」といわれる人たちがどのような人たちなのか。

『論語』は、物事の道理を極めどのようなことにも惑うことがない人を「知者」という（雍也第六）。専門家会議が知者の集まりであるとすれば「迷うことなく最善の行動を提言」したであろう。しかし、中には、為政者の顔色を気にする御仁もいるようだ。そのような人は、論語では「知者」と呼ばない。もっとも、意に沿わない発言をしそうな人は最初からお声がかからない仕組みになっているようなので、それは当然のことかもしれない。「不須知者賢」は日本学術会議の欠員任命拒否問題にも通底する政府の姿勢である。

わたしの漢詩は言論の自由を謳歌できる時代に作られたせいか、少々お気楽な響きがなくもない。戦前や江戸時代には、政権や政策を批判するときは腹を切る覚悟が必要であったろう。そのことは、江戸時代に寛政異学の禁で言動を抑圧された亀田鵬斎の漢詩を読むとよくわかる。

亀田鵬斎は、老中松平定信が行った寛政の改革に批判的であったため、自宅蟄居を命じられた。そのときの悲憤を詠んだのが次の五言絶句「剣《けん》を撫《な》でる」である。

撫剣

不欲与世乖
奈何世時違
独撫腰間剣
潸然涙沾衣

亀田鵬斎（江戸後期）

世《よ》に乖《そむ》くを欲せざる
奈何《いかん》せん　世時《せいじ》と違《たが》うを
独《ひと》り撫《ぶ》す　腰間《ようかん》の剣《けん》
潸然《さんぜん》として涙《なみだ》は衣《ころも》を沾《うるお》す

世に背いて生きることを自分で願った訳ではない。時流と違った生き方をせねばならぬようになったのはどうしようもない。独り腰に差した剣をなでながら、さめざめと涙を流して衣をぬらしている。

当時、亀田鵬斎は、朱子学にこだわらない開明的な折衷学を講じる儒者として市中の人気を博していた。しかし、寛政の改革の一環である「異学の禁」により、朱子学以外の講学が禁じられたため、時流に対する亀田鵬斎の不満は鬱積していた。そうした鬱積した心情がこの五言絶句の背景にある。

6　東日本大震災の惨禍（三陸海岸）

二〇一一年三月十一日午後二時四十六分過ぎ、三陸沖を震源とするマグニチュード9の巨大地震が発生した。

東京も大きく揺れた。そのとき、わたしは職場の研究室にいた。職場は中層ビルの二階にあった。強い揺れに、おもわず机の下に身を隠した。このような避難行動をとったのは初めての経験であった。本棚が倒れることを心配したが、その恐れがないとわかり、とりあえず建物の外に避難した。しかし、外に出ても揺れは収まらず、むしろ建物のガラスの落下が心配になり、また部屋に戻った。同僚や職員も無事であった。

建物の窓からながめる路上の車の流れには、とくに渋滞した様子は見られなかった。しかし、ラジオのニュースで、鉄道や地下鉄がストップしていると聞き、その日は地下鉄での帰宅をあきらめ徒歩で帰ることにした。携帯ラジオで震災の報告を聞きながら、約二時間かけて家についた。家でテレビのニュースを見て、ふるさとの沿岸部が大津波で壊滅的な被害を受けたことを知り愕然とした。

そのときの心情を詠んだのが次の五言律詩「三月十一日」である。（二〇一一年春作）

三月十一日

地動震無限
波驚欲上天
昂昂爛襲港
激激濤洄川
大宇形虚壁
小家戴廃船
難民処処散
不知親朋円

地動《ちうご》き　震《ふる》えること限《かぎ》りなし
波《なみ》は驚《おどろ》き　天《てん》に上《のぼ》らんと欲《ほっ》す
昂々《ごうごう》として　爛《らん》は港《みなと》を襲《おそ》い
激々《げきげき》として　濤《とう》は川《かわ》を洄《さかのぼ》る
大宇《だいう》は　虚壁《きょへき》を形《あらわ》し
小家《しょうか》は　廃船《はいせん》を戴《の》せる
難民《なんみん》　処々《しょしょ》に散《ち》り
知《し》らず　親朋《しんぽう》の円《まどか》なるを

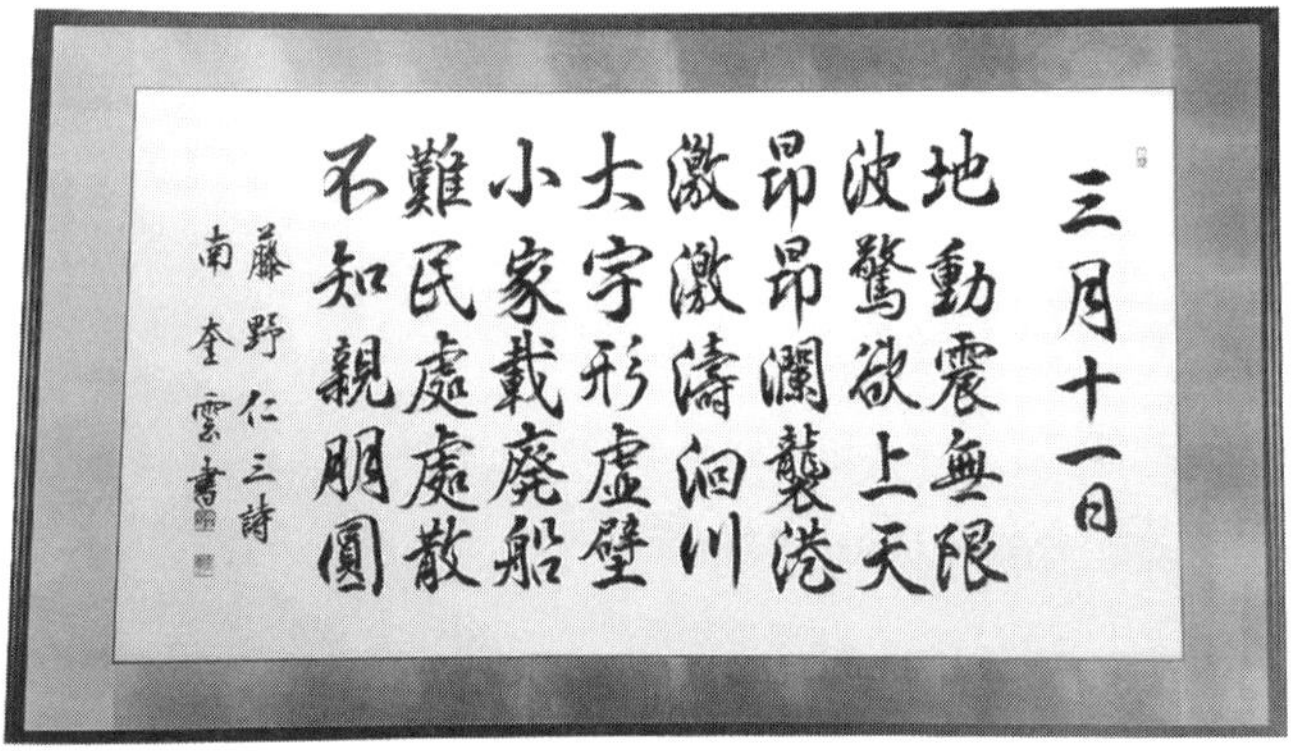
三月十一日
地動震無限
波驚欲上天
昂昂瀾襲港
激激濤洄川
大宇形虚壁
小家載廃船
難民處處散
不知親朋圓
藤野仁三詩
南奎雲書

詩書（南奎雲書、山田町所蔵）

大地震で地面はいつまでも揺れ続け、海面が驚いて天にも上る勢いである。波頭の高い大波が港を襲い、勢いのある大波が激しく川を逆流する。大きな建物は無残な壁を残すだけとなり、小さな家の上には流された漁船が残されている。住民はあちこちに避難して、家族や友人が無事であることさえ知るすべがない。

岩手県盛岡市を拠点にして活動されていた書家の南奎雲氏（故人）は、わたしの漢詩を次のように評価してくださった。少し面映ゆいが引用させていただく。（出典「盛岡タイムズ・杜陵随想」（二〇一一年十月十日）

『世界の人々にとって、三月十一日は特別な日になった。今世紀最大の被害が発生した東日本大地震のその日である。日本人のどなたにもそれぞれの思いが蓄積している。その事実の記録をいろいろな手段で表現している。（中略）
私の知る限りでは、俳句・短歌・詩などの表現形式を用いて表現している方々もいる。私の心を一番にとらえたのは藤野仁三先生の五言律詩「三月十一日」である。内容が実に深いので、ここにご紹介したい。（詩文引用省略）
私はこの詩の内容の深さに感動して、書の素材とし、岩手芸術祭に出品した。このたびの大震災の様子を、写真集よりも、小説よりも端的に表現した詩であると感じている。』

南奎雲氏の作品（写真）は、津波により壊滅的な被害を受けた宮古市山田町に寄贈されたと聞いている。

古来、日本は大きな地震に何度か襲われている。江戸末期には、大地震が続発した。一八五四年には、南海トラフ巨大地震による「安政東海地震」や「安政南海地震」が起きており、さらには「飛越地震」「安政八戸沖地震」、「伊賀上野地震」が発生している。翌一八五五年には「安政江戸地震」が発生した。

安政江戸地震による被害の様子を詠んだ漢詩が残されている。幕末から明治にかけての詩人・大沼枕山（一八一八〜一八九一）の「十月二日震災《しんさい》事《こと》を記《しる》す」八首である。「其の六」は、震災後の江戸市中の様子を次のように描写する。

十月二日震災記事

将言天道果非那
圧殺生霊似不知
載鬼一車今見此
長街趁暗挽横屍

大沼枕山（江戸末期）

将《まさ》に言《い》わんとす　天道《てんどう》は果《は》たして非《ひ》なるか
生霊《せいれい》を圧殺《あっさつ》して　知《し》らざるに似《に》たり
鬼《き》を一車《いっしゃ》に載《の》せるを　今此《いまここ》に見《み》る
長街《ちょうがい》　暗《くら》きを趁《お》うて横屍《おうし》を挽《ひ》く

天の道理は間違っているのではないだろうかと、つい口に出してしまいそうだ。生きている命を圧殺しておいて知らんふりをしているように思えるからだ。「（漢籍にいうところの）一台の車いっぱいに霊魂を載せている」という情景を、今、わたしは目の前に見ている。暗がりを選びながら、地震の犠牲者の死体が車に載せられて大通りを引かれていく。

この地震による被害は、幕府の調べでは、町方で死者四七四一人、倒壊家屋一万四三四六戸。武家屋敷を含む広域では、死者一万人余であった。東日本大震災の死者・行方不明者は二万二千人余である。

7　令和元年台風十九号の襲来

近年、自然災害が多くなった。原因は地球温暖化による海水温の上昇にあるといわれている。海水温の上昇は、生態系にも深刻な影響を及ぼしており、石垣島と西表島の間にある日本最大の珊瑚礁の白化が進んでいるという。

二〇一九年十月に、台風が関東地方に上陸し、各地に甚大な被害をもたらした。被害を被った方々にはお見舞いの言葉しかないが、被害地の惨状を映像報道で見たときの心情を「季秋《きしゅう》の甚雨《じんう》」で次のように詠んだ。（二〇一九年秋作）

季秋之甚雨

清 秋 明 月 好
豈 願 暗 雲 乎

清秋《せいしゅう》　明月《めいげつ》好《よ》し
豈《あ》に暗雲《あんうん》を願《ねが》わん乎《や》

昨夜千条雨
今朝万畳湖
有人逃屋上
有物累辺隅
欲掃家家水
不消柱上汚

昨夜《さくや》　千条《せんじょう》の雨《あめ》
今朝《こんちょう》　万畳《ばんじょう》の湖《うみ》
人《ひと》の屋上《おくじょう》に逃《に》げる有《あ》り
物《もの》の辺隅《へんぐう》に累《かさ》なる有《あ》り
家家《かか》　水《みず》を掃《はら》わんと欲《ほっ》せど
柱上《ちゅうじょう》の汚《よご》れを消《け》さず

清々しい秋には満月が似合う。雨をもたらす暗雲など望むはずがない。昨夜、土砂降りの雨となり、今朝、河川が氾濫し一面の水浸しとなった。屋上に難を逃れる人があり、部屋の隅に押し流される家具がある。家家では総出で浸水のかきだしに余念がない。柱の汚れは残したままに…。

律詩では、平仄と脚韻を整える他に、頷聯（第三句・第四句）と頸聯（第五句・第六句）を対句にする決まりがある。この律詩では、「昨夜・今朝」「千条雨・万畳湖」「有人・有物」「逃・累」「屋上・辺隅」という対語を用いて対句を構成した。前半四句で遠景を詠み、後半四句で近景を詠んで場面を転換した。「季秋」とは、秋の最後の月である陰暦九月（陽暦十月）をさす。

戦国時代に、大雨で民衆が被災したにもかかわらず、為政者が歌舞音曲にうつつをぬかしていることを風刺した漢詩が残されている。禅僧の一休宗純（一三九四〜一四八一）は「長禄《ちょうろく》の庚辰《こうしん》　八月《はちがつ》の晦日《みそか》」で次のように詠む。

長禄庚辰八月晦日

一休宗純（室町時代）

大風洪水万民憂
歌舞管弦誰夜遊
法有興衰劫増減
任他明月下西楼

大風《おおかぜ》　洪水《こうずい》　万民憂《ばんみんうれ》う
歌舞《かぶ》　管弦《かんげん》　誰《だれ》か夜遊《よるあそ》ぶ
法《ほう》に興衰《こうすい》　劫《こう》に増減《ぞうげん》有《あ》り
任他《さもあらばあれ》　明月《めいげつ》　西楼《せいろう》を下《くだ》る

暴風雨と洪水ですべての人民が苦しんでいる。こんなときにだれが夜長に歌舞音曲で騒いでいるのか。仏法には盛衰があり、天変地異もそれに応じて増えたり減ったりする。明月が西の高楼に沈むことなど、どうでもよいことではないか。

この詩の題に「長禄《ちょうろく》庚辰《こうしん》八月晦日《みそか》　大風洪水《たいふうこうずい》あり　衆人《しゅうじん》　皆憂《みなうれ》ふ　夜《よる》　遊宴歌吹《ゆうえんかすい》の客有《かくあ》り　之《これ》を聞《き》くに忍《しの》びず　偈《げ》を作《つく》って以《もっ》て慰《なぐさ》むと云《い》ふ」とある。このことから、長禄四（一四六〇）年の八月三十日に台風による洪水があったことがわかる。この年は春から夏にかけて日照りが続き、秋に台風と洪水に襲われた異常気象の年であったという。為政者は何の対応策もとらず、風流にかぶれていることを批判したものである。

今日でも、コロナ禍で国民が不便な生活を強いられている中で、高級料亭や銀座のクラブを平気ではしごする政治家がいる。為政者の特権意識というものは、六百年前とあまり変わっていないようだ。

8　コロナ禍で無聊をかこつ

二〇二〇年の春は、明けても暮れてもコロナの話ばかりで仕舞いは「ステイホーム」。そのうちに春はあっという間に過ぎ去ってしまった。

唐代の大詩人杜甫の漢詩の中に「今春看《こんしゅんみ》すみす又過《またす》ぐ」という有名な一句がある。その表現を借用して、新型コロナウイルスに翻弄された生活を五言律詩「新病毒《しんびょうどく》を憂《うれ》う」で次のように詠んでみた。（二〇二〇年春作）

憂新病毒

応憂新病毒
佳節使人疎
啓蟄妨相会
清明強在居
桜園朝閑散
酒肆晩空虚
嘆息春看過
室中厭読書

応《まさ》に憂《うれ》う　新病毒《しんびょうどく》
佳節《かせつ》に　人《ひと》をして疎《うと》ましむ
啓蟄《けいちつ》　相会《あいあ》うを妨《さまた》げ
清明《せいめい》　在居《ざいきょ》を強《し》いる
桜園《おうえん》　朝《あさ》に閑散《かんさん》
酒肆《しゅし》　晩《ばん》に空虚《くうきょ》
嘆息《たんそく》すれば　春《はる》は看《み》すみす過《す》ぎ
室中《しっちゅう》　書《しょ》を読《よ》むに厭《あ》く

まさに恐るべし新型コロナ。一年でもっともよい季節に人を疎遠にしてしまった。啓蟄節に対面接触をやめさせ、清明節に外出自粛を強いる。朝の桜の園は閑散とし、晩の飲み屋街に人出はない。ため息ばかりついていると、春はあっという間に過ぎてしまった。部屋の中での読書三昧も飽きてきた。

啓蟄《けいちつ》とは、土中で冬ごもりしていた虫が這い出す陽暦の三月五、六日頃をいう。清明は四月五、六日頃で、古来、中国では先祖の墓参りが行われた。日本のお彼岸にあたる。いずれも二十四節気の一つである。春のうららかな季節に人との接触を控え、不要不急の外出を控える生活に無聊《ぶりょう》を託《かこ》つのはわたしだけではあるまい。

コロナ禍での蟄居は、強制された訳でないし、違反しても処罰されることもない。その点、幕末の志士が命がけで謹慎生活をしていたことに較べれば、その不自由さは天地の開きがある。

幕末の開国論者・横井小楠《よこいしょうなん》（一八〇九〜一八六九）は、宮部鼎蔵とともに活躍した細川藩の藩士であった。保守派から睨まれ、ある襲撃事件を理由にして熊本での蟄居を命じられた。そのときの生活を詠んだのが「偶興《たまたまおこ》る」である。

偶　興

横井小楠（江戸後期）

臥看書巻坐敲碁
朝品緑茶夕把巵

臥《ふ》して書巻《しょかん》を看《み》　坐《ざ》して碁《ご》を敲《う》つ
朝《あした》に緑茶《りょくちゃ》を品《あじ》わい　夕《ゆうべ》に巵《はい》を把《と》る

勿道閑人無一事　道《い》う勿《なか》れ　閑人《かんじん》　一事《いちじ》無《な》しと
悉将佳興入吟詩　悉《ことごと》く佳興《かきょう》を将《もっ》て　吟詩《ぎんし》に入《い》る

横になれば書物を読み、坐っては囲碁を打つ。朝には緑茶を味わい、夕方には卮《さかずき》をとって酒をくむ。閑人《ひまじん》だから何もすることはないだろうなどといわないでくれ。佳い興趣があればそれをことごとく取り入れて詩を吟じている。

幕末の志士には、拘束された生活であってもそれを楽しむという強い精神性があったのだろう。

第七章

一期一會

1 山家の老師を訪ぬ　二首

外国人の来訪など考えられない東北の田舎町で生まれ育った著者は、小さい頃からなぜか英語に興味を持っていた。小学六年のときに兄の英語参考書を使って、自分なりにアルファベットの模写をしたりした。中学三年のときに東京オリンピックがあり、我が家にもテレビが入り、それからテレビの英会話講座を聴き始めた。

そのような英語好きのわたしが大学に進学すると、一年の時の教養科目にLanguage Laboratory（ＬＬ）という、英語を「話し」、「聞く」ための力を訓練するテープ教材を使用した講座があり、それがわたしの英語学習への傾斜を決定的にした。当時、ＬＬ講座は限られた大学でしか実施されておらず、きわめて先進的な英語プログラムであった。

大学では、専攻の経済学になかなか身が入らず、代わりに英語学習に打ち込んだ。そのときにご指導をいただいたのがＬＬ講座担当の西村嘉太郎先生である。師弟の関係は、先生がお亡くなりになるまでほぼ半世紀続いた。

其の一

先生が現役引退後に住まわれたのが、伊豆・函南町の山居「函富亭」である。熱海峠を越えた別荘地にあり、場所柄、富士山の景観と温泉が楽しめる。山居の風呂場の窓を大きなガラス張りにし、浴槽に身を沈めながら富士山を眺めることができる。亭主はその眺望を「仰角も俯角も無しに富士の山」と詠む。

その山居を訪ねたときの印象をまとめたのが次の五言律詩「函富亭《かんぷてい》を訪《たず》ぬ」である。

（二〇〇七年春作）

訪函富亭

老師棲隠処
山家白雲生
苔径重階阻
叢林落葉明
長吟時独酌
静読後徐烹
悟得温泉好
浴湯骨又清

老師《ろうし》　棲隠《せいおん》する処《ところ》
山家《さんか》　白雲生《はくうんしょう》ず
苔径《たいけい》　階《きざはし》を重《かさ》ねて阻《けわ》しく
叢林《そうりん》　葉《は》を落《お》として明《あきら》かなり
長吟《ちょうぎん》し　時《とき》に独《ひと》り酌《く》み
静読《せいどく》し　後《のち》に徐《おもむろ》に烹《に》る
悟《さと》り得《え》たり　温泉《おんせん》好《よ》しと
湯《ゆ》に浴《よく》すれば　骨又清《ほねまたきよ》し

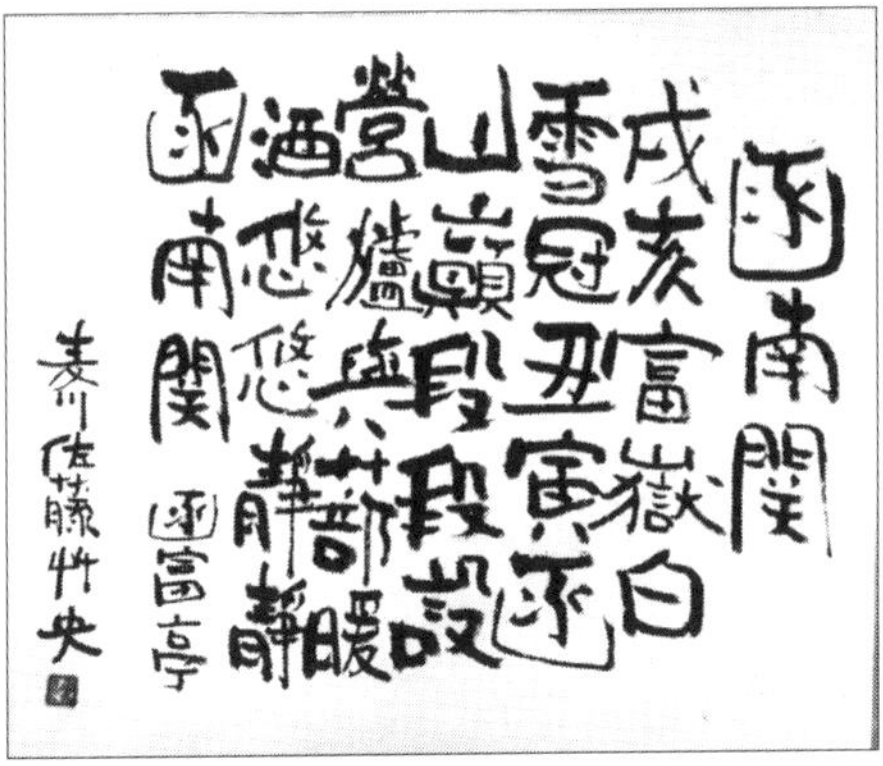

函富亭茶室の茶掛け（佐藤艸央書）

恩師がひっそりと生活する山家は、白雲の生じるところにある。苔むした石段が幾重にも重なり、木々の葉が落ちて周囲は明るい。謡曲を一節うなり、ときには独酌を楽しむ。静かに読書を楽しみ、おもむろに茶をたてる。温泉の効能が好くわかった。湯あみをすれば骨の髄まで清らかになる。

函富亭の自慢は、和室の「囲炉裏《いろり》」と「蔀戸《しとみと》」である。囲炉裏には天井から自在鉤がつるしてあり、明かり窓の外には上下に開閉する古風な蔀戸がとりつけられている。自慢の蔀戸が近くに住むあかげらの「口撃」目標にされ、穴だらけとなってしまった様子を、亭主は「あかげらの　蔀戸叩く　函富亭」と詠む。

自慢のしつらえを漢詩に詠み、茶掛けにして床の間に飾っていた。

函南関

函富亭主（平成）

戊亥富嶽白雪冠
丑寅函山嶺段段
設営炉与蔀暖酒
悠悠静静函南関

戊亥《いぬい》の富嶽《ふがく》　白雪《はくせつ》の冠《かん》
丑寅《うしとら》の函山《かんざん》　嶺段々《みねだんだん》
炉《いろり》と蔀《しとみ》を設営《せつえい》し　酒《さけ》を暖《あたた》めれば
悠々《ゆうゆう》　静々《せいせい》たり　函南《かんなみ》の関《せき》

北西に見る富士山は、山頂が白雪に蔽われている。北東にある箱根の山々は段々と連なる。囲炉裏と蔀戸をしつらえた茶室で酒を暖めれば、函南の難所にある函富亭は悠々閑々としたものである。

其の二

函富亭の恩師が米寿を迎えられるので、お祝い会の打ち合わせのために訪ねたときの風情を詠んだのが次の七言絶句である。題して「山中問答《さんちゅうもんどう》」。（二〇一七年春作）

山中問答

雨水寒風不越山
庭梅花発数枝間
主原何意来幽居
方似子禽相与還

雨水《うすい》　寒風《かんぷう》　山《やま》を越《こ》えず
庭梅《ていばい》　花発《はなひら》く　数枝《すうし》の間《かん》
主《あるじ》は原《と》う　何《なん》の意《い》あって　幽居《ゆうきょ》に来《き》たると
方《まさ》に子禽《しきん》に似《に》て　相《あ》い与《とも》に還《かえ》る

雨水の頃には、北風も箱根の山を越えず、庭の白梅もちらほら咲き始めた。函富亭に入ると亭主がやおら「どのような風の吹き回しでこのような辺鄙なところにお見えになったのかな」となぞを掛けてくる。それに対して「小鳥が連れ立ってねぐらに帰るようなものですよ」と答えた。

このとき、恩師は訪問者の来意をご存じなので、問答の内容はフィクションである。しかし、隠者然とした恩師は洒脱である。

第一句の「雨水」は二十四節気の一つで陽暦の二月十八日に始まる。梅は、東風が吹くと花が開くといわれるので、第二句ではそれを少しひねって、北風が山で遮られたので咲き始めたとした。第三句の「原」は「問」と同義に用いられる。この場合、絶句の平仄ルール上、ここは平字でなければならないので、仄字である「問」や「訊」は使えない。「原」は平字で、物事の本質を問いただすという意味をもつ。

詩題の「山中問答」は、山中での隠者と俗人との問答という意味で、唐詩でよく取り上げるテーマである。李白（七〇一～七六二）も、自分を山中の道士に見立て、有名な七言古詩「山中問答《さんちゅうもんどう》」を残している。わたしの「山中問答」詩はこの李白詩をモデルにしたもので、同じ韻目の脚韻を使用した和韻詩である。

山中問答　　盛唐・李白

問余何意棲碧山
笑而不答心自閑
桃花流水杳然去
別有天地非人間

余《よ》に問《と》う　何《なん》の意《い》ありてか碧山《へきざん》に棲《す》むと
笑《わら》って答《こた》えず　心《こころ》自《おの》ずから閑《かん》なればなり
桃花《とうか》　流水《りゅうすい》　杳然《ようぜん》として去《さ》り
別《べっ》に天地《てんち》の人間《じんかん》に非《あら》ざる有《あ》り

「いったいどんなつもりでこんな緑深い山奥に棲んでいるのか」と世の人

は問うが、笑うだけで答えるまでもない。この地に居れば、心はどこまでも静寂だ。桃の花びらを浮かべた水はどこまでも流れていく。ここには俗世間とは違う別天地があるのだ。

この詩は、陶淵明の詩がベースになっていることでも知られている。役人生活を早々と辞めた陶淵明は、「廬を結んで人境に在り、しかも車馬の喧しき無し。君に問う何ぞ能くしかるやと、心遠ければ地自づから偏なり」（「飲酒二十首其五」）と詠む。李白はそれを第二句で「心自閑」と表現している。第三句の「桃花流水」は桃源郷を想起させる。

ちなみに、わたしの七絶の第四句「子禽相与還」は、陶淵明の「山気日夕佳　飛鳥相与還」（飲酒二十首其五）を踏まえる。

2 「眼中の人」を偲ぶ恩師

もう一人の恩師についても書かなければならない。宮坂富之助先生のことである。経済法を専門とする社会法学者でありながら、絵画のご趣味も一級で、日本学術会議の広報誌『学術の動向』の表紙を十二回にわたり飾ったほどである。宮坂先生の画集には、当時の学術会議副会長の吉田氏が「『画伯』誕生を祝う」という一文を寄せている。

宮坂先生にはいくつかの漢詩を献呈した。最初に差し上げた漢詩は、先生の古希をお祝いする会場での光景を詠んだもの。奥様に先立たれ、祝賀会のひな壇にお一人で座っておられるお姿をみて、亡き奥様のことを想っておられるように思えた。そのときの心象を詠んだのが次の七言絶句「眼中《がんちゅう》の人《ひと》」である。（二〇〇一年秋作）

この漢詩を北京の書家に揮毫してもらい、掛け軸に表装してお贈りしたところ、先生はご自宅の和室の床の間にいつもその掛け軸を掛けておられた。気に入ってくださったのであろう。その先生もすでに帰らぬ人となられた。

眼中人

庭園梅雨緑陰均　　庭園《ていえん》　梅雨《つゆ》にして　緑陰《りょくいん》　均《きん》なり
唯紫陽花色愈新　　誰《た》だ紫陽花《あじさい》の　色《いろ》　愈《いよいよ》　新《あら》たなり
称頌満堂嘉宴晩　　称頌《しょうしょう》　堂《どう》に満《み》つ　嘉宴《かえん》の晩《くれ》
老師孤憶眼中人　　老師《ろうし》　孤《ひと》り憶《おも》う　眼中《がんちゅう》の人《ひと》

梅雨どきの庭園は一面の緑陰で、ただ紫陽花の花が色新しい。古希のお祝いの会場では恩師の人となりや業績が称えられている。金屏風を背にして

周荘風景（宮坂富之助先生画）

壇上に着座しておられる恩師は、独りで忘れられない人（眼中人）のことを憶っておられるのであろう。

先生はご自宅の玄関脇に行書の漢詩の額縁を飾っておられた。唐代の高適《こうせき》（?〜七六五）が詠んだ「董大《とうだい》に別《わか》る」詩を、先生が交換研究員として上海の大学に滞在したときに親交のあった中国人の法学者が書いたものである。写真を撮り忘れたため、本書に掲載できないのが残念である。先生が高適の詩を希望して揮毫してもらったと聞いている。

先生は上海滞在中、美術担当の教員とも親しくなり、上海近郊の湖水地方に車で一緒にスケッチ旅行に出かけられたようだ。そのスケッチをもとに仕上げたのが「周荘」の風景画である。この絵は記念にと先生からいただき、わたしの仕事場の壁に飾っている。

妻に先立たれた寂しさを詠った漢詩は江戸期にもいくつか見られる。その中から、儒者である菅茶山《かんちゃざん》（一七四八〜一八二七）の「亡《な》（き妻《つま》を）悼《とむら》う」を読んでみよう。

悼亡

菅茶山（江戸後期）

夜窓紡績伴書檠
四十余年夢一驚
満腹悲辛無遺処
還知荘叟鼓盆情

夜窓《やそう》　紡績《ぼうせき》　書檠《しょけい》に伴《ともな》う
四十余年《しじゅうよねん》　夢一驚《ゆめいっきょう》
満腹《まんぷく》の悲辛《ひしん》　遣《や》る処《ところ》なし
還《かえ》って知《し》る　荘叟《そうそう》　盆《ぼん》を鼓《こ》するの情《じょう》

妻が生きていたときには燭台の灯りの下、わたしは窓辺で読書をし、妻は糸を紡いだものだった。四十余年もの夫婦生活も、今となっては夢のように覚めてしまった。満ちあふれる辛い悲しみのやり場がない。妻を亡くした荘子が盆を叩いて唄を歌ったという気持ちが、あらためてよくわかる。

3　漢詩との出会い

わたしが漢詩作を始めるようになったのは齋藤昌長さんとの出会いが一つのきっかけである。

齋藤さんはドイツ語に堪能な方で、法律文書の翻訳が本業であった。暑中見舞いや年賀状にいつも自作の漢詩を印刷して送ってくださる風流な方で、それを読む度にいつか漢詩の作り方を教えてもらおうと考えていた。

願いがかなって漢詩のご指導をいただくようになり、わたしの作品を郵送すると、齋藤さんは必ず感想を送ってくださった。できの悪いものでも決してけなさず、上手に励ましてくださった。また、齋藤さんからも数多くの漢詩を送っていただいた。どれも詩情のある作品である。

その一つが、八街市のご自宅の前の落花生畑を読んだ七言絶句「八街《やちまた》に題《だい》す」（後出）である。その詩に応えて送ったのが次の「『題八街』に次韻《じいん》す」である。同じ脚韻を使って作詩したものである。（二〇一六年春作）

次韻題八街

籬辺行客驚犬鳴
圃上村人喜雨晴
将是江南風趣事
然吾性好育書生

籬辺《りへん》の行客《こうかく》　犬鳴《けんめい》に驚《おどろ》き
圃上《ほじょう》の村人《そんじん》　雨《あめ》の晴《は》れるを喜《よろこ》ぶ
将《まさ》に是《こ》れ　江南《こうなん》　風趣《ふうしゅ》の事《こと》
然《しか》れども吾《わ》が性《せい》は好《この》む　書生《しょせい》を育《そだ》てるを

籬《まがき》のあたりで通行人は犬の鳴き声に驚き、畑で作業をする村人は雨があがったことを喜ぶ。これこそまさに江南の風景である。しかし、自分の性分としては、田舎で農作業をするより、人を育てることの方が向いているようだ。

題八街
中天月残已鶏鳴
五彩朝雲下自晴
悟得田園風趣事
門前一望落花生
齋藤昌長

題八街（齋藤昌長氏提供）

この漢詩の背景には、わたしが蘇州・石湖で詠んだ「このごろ愛す田園の句、范陸の情を窮めんと欲す」（二五四頁参照）がある。また、第三句は、杜甫の「正にこれ江南の好風景、落花の時節また君に逢う」（「江南にて李亀年に逢う」）を踏まえている。

先ほど触れた齋藤さんから送られた「八街《やちまた》に題《だい》す」詩は、自宅から見はるかす落花生畑を次のように詠む。

題八街

齋藤昌長（平成）

中天月残已鶏鳴
五彩朝雲下自晴
悟得田園風趣事
門前一望落花生

中天《ちゅうてん》　月残《つきのこ》りて　已《すで》に鶏鳴《けいめい》
五彩《ごさい》　朝雲《ちょううん》　下《しも》　自《おのずか》ら晴《は》る
悟《さと》り得《え》たり　田園《でんえん》　風趣《ふうしゅ》の事《こと》
門前《もんぜん》　一望《いちぼう》　落花生《らっかせい》

空に未だ月が残っているのに、すでに夜明けが近いと鶏が鳴く。朝焼け雲も自然に引いて、晴れた大空がのぞくようになった。門前に落花生畑を一望したとき、田園の風趣がようやくわかった。

4　書縁の人

自分で漢詩作を始めてみると、自作詩を書にしてみたいという思いが強くなった。そこで、職場から遠くない神田神保町にある書道教室で書道の手習いを始めた。ご指導くださったのが小久保嶺石先生である。何分、年をとってからの手習いということもあって、書の腕前はあまり上達しなかったが、漢詩についての感想をいただいたり、自作詩を書にしていただいたりした書縁の人である。

中国・宋代の晁沖之《ちょうちゅうし》の七言絶句「夜《よる》の行《たび》」（後出）が好きで、折にふれそれを読んでいた。あるとき、その詩と同じ韻字を使った次韻詩を献呈することを思い立った。そのような経緯からできあがったのが次の「晁沖之《ちょうちゅうし》の夜行詩《やこうし》に次韻《じいん》して嶺石先生《れいせきせんせい》に贈《おく》る」である。

（二〇一一年夏作）

次韻晁沖之夜行詩贈嶺石先生

小時把筆勿親疎
犀水門生漸一途
成得佳名書学会
高玄郁郁草行書

小時《しょうじ》 筆《ふで》を把《と》れば 親疎《しんそ》勿《な》し
犀水《さいすい》 門生《もんせい》 一途《いちず》に漸《すす》む
成《な》し得《え》たり 佳名《かめい》 書学会《しょがっかい》
高玄《こうげん》 郁郁《いくいく》たり 草行書《そうぎょうしょ》

小さいときから筆を持つと一心不乱に修練し、石橋犀水の門下でひたすら書の道を歩んだ。日本書道教育学会でその高名はよく知られており、草書・行書は雅で奥深く、そして香気がある。

小久保嶺石書

次韻した漢詩は宋代の晁沖之のものである。北宋の蘇軾の孫弟子にあたる。晁沖之は何度も科挙試験に失敗し、そのつど、悲嘆の漢詩を残している。そのうちの一つが「夜行」詩である。

夜行

北宋・晁沖之

老去功名意転疎
独駆瘦馬取長途
孤村到暁猶燈火
知有人家夜読書

老《お》い去《さ》りて　功名《こうみょう》の意《こころ》　転《うた》た疎《そ》なり
独《ひと》り瘦《や》せ馬《うま》を駆《か》りて　長《なが》き途《みち》を取《と》る
孤村《こそん》　暁《あかつき》に到《いた》りて猶《な》お燈火《とうか》
人家《じんか》の夜《よる》　書《しょ》を読《よ》む有《あ》るを知《し》る

年をとり、次第に立身出世の意欲も薄れてきた。痩せ馬に鞭打って独り遠出することにした。夜が明ける頃に山あいの寂しい村に着いた。そこにはまだ灯りのついている家がある。こんな辺鄙な所でも夜明けまで勉強している人がいるのだ。

中国の宋代は、中国全土に教育が広まった時期であったという。たとえば、ベトナムに近い僻遠の地である海南島にも島民の子弟を教育する村塾があったという。そのことは、蘇軾が海南島に左遷されたときの漢詩に詠まれている。

この「夜行」詩が作られたのは日本の平安時代の後期にあたる。中国ではこの頃すでに山あいの寒村でも徹夜の受験勉強が行われていた訳で、驚くべきことである。当時、読書とは、儒教の経典である詩書五経を読むことを意味する。

5 ママさん弁護士

アメリカの法律事務所の東京オフィスに勤務していたとき、印象に残る同僚がニューヨークから赴任していた。ママさん弁護士のカレンである。いつも仕事が忙しく、週末にもよく幼い娘を連れてきて、部屋で遊ばせながら仕事をしていた。わたしも時々子守役を買ってでたことがあり、カレン母子とは仲がよかった。

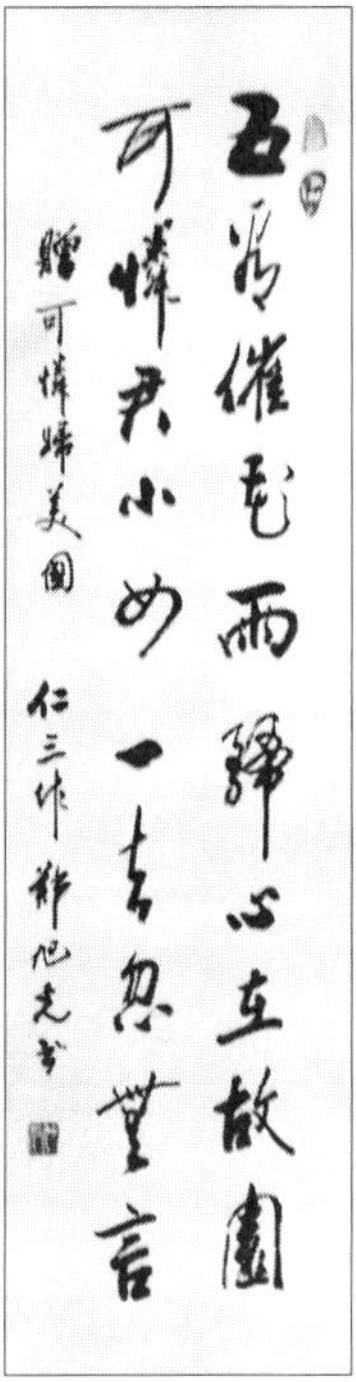

「送別」詩書
（北京・鄭旭光書）

そのカレンが家族とアメリカに帰国することになり、記念に贈ったのが次の漢詩である。書家に頼んで揮毫してもらい、掛け軸にしてプレゼントした。彼女がアメリカのオフィスにその掛け軸を掛けているかどうかは定かではない。（二〇〇二年春作）

送　別

五　看　催　花　雨
帰　心　在　故　園
可　憐　君　小　女
一　去　忽　無　言

五《ご》たび看《み》る　催花《さいか》の雨《あめ》
帰心《きしん》　故園《こえん》に在《あ》り
憐《あわ》れむ可《べ》し　君《きみ》が小《ちい》さき女《むすめ》
一《ひと》たび去《さ》れば　忽《たちま》ち言《げん》を無《な》くさん

春の花を催す雨の季節がやってくるのはこれで五度目。君の心はすでに故郷にあるのだろう。不憫なのは年端ゆかない君の娘。一度日本を離れてしまえば、折角覚えた片言の日本語を忘れてしまうことだろう。

別れを詠った漢詩は多いが、忘れがたいものの一つが中唐の画家・詩人の劉商《りゅうしょう》（七二七〜八〇五）の七言絶句「王水《おうすい》を送《おく》る」である。

送王水　　　中唐・劉商

君去春山誰共遊
鳥啼花落水空流
如今送別臨溪水
他日相思来水頭

君《きみ》去《さ》って　春山《しゅんざん》　誰《だれ》と共《とも》に遊《あそ》ばん
鳥《とり》啼《な》き　花《はな》落《お》ちて　水《みず》空《むな》しく流《なが》る
如今《じょこん》　送別《そうべつ》　溪水《けいすい》に臨《のぞ》む
他日《たじつ》　相思《あいおも》わば　水頭《すいとう》に来《きた》れ

君が去ってしまったら、春の野山で誰と遊べというのか。春山には鳥が鳴き、花が散って、水が流れるのは変わらないだろう。だが、共に楽しむ人がいなければすべてが空しい。今、この清らかな水のほとりで君を見送る。

しかし、いつかわたしのことを思い出すことがあったなら、どうかこの水のほとりでの今日の別れを思い出してくれたまえ。

詩人としての劉商は、日本ではあまり知られていない。しかし、この詩は文人の間では知られていたようで、志賀直哉は書にして病床に伏している尾崎一雄に贈り、尾崎邸ではその書を客間の一番目立つところにかけていたという。君が早く直ってくれなければ、話し相手もなく困るよというメッセージを唐詩に託したのだ。このエピソードは中野孝次『わたしの唐詩選』（作品社）に見える。

6　早世した学友に贈る

学生時代に一緒だった友人が早世した。葬儀に参列したが、若い人を見送るのは残された家族を考えるととてもつらい。

次の五言律詩は、告別式に列席したときの心情を詠んだものである。（二〇〇四年秋作）

悼友早逝

五十三君逝
安天命不均
相逢森合舎
孤別尾張茵
在世扶同輩
居家迎異人
哀男低拝謝
無者不濡巾

五十三《ごじゅうさん》にして君《きみ》は逝《ゆ》く
安《いずく》んぞ天命《てんめい》均《ひと》しからん
相逢《あいあ》う　森合《もりあい》の舎《とまり》
孤《ひと》り別《わか》れる　尾張《おわり》の茵《しとね》
世《よ》に在《あ》りては　同輩《どうはい》を扶《たす》け
家《いえ》に居《い》ては　異人《いじん》を迎《むか》える
哀男《あいなん》　低《た》れて拝謝《はいしゃ》すれば
巾《きん》を濡《ぬ》らさざる者《もの》無《な》し

五十三にして君は亡くなった。天命とは何と不平等なのだろう。君とは福島・森合の校舎で出合い、愛知・小牧で見送ることになった。社会にあっては同輩の面倒をよく見て、家庭にあっては外国からの来客をもてなしていた。残された子供が喪主としてうなだれるようにして列席者に挨拶をすると、ハンカチで涙を拭かない人はいない。

友人の葬儀からしばらくしてこの漢詩を書にして遺族に贈ることにした。北京の知人に適当な書家に書いてもらうようお願いしたところ、翟徳年《てきとくねん》氏の揮毫になる掲額用の書が知人から送られてきた。その中に書家の私撰詩集『翟徳年詩微存』（人民美術出版社）も同封されていた。

詩集によれば、翟徳年氏は「書画家」であり、二〇〇三年十月に瑠璃廟にある彼のアトリエをクリントン元米大統領が訪問している。そのときに作った『美国前総統克林頓《びこくぜんそうとうくりんとん》に贈《おく》る』という七言律詩には「クリントン氏がアトリエにある書画作品を求めた」と注書しているので、この律詩を面前で揮毫してクリントン氏に贈呈したのかもしれない。

書画にも巧みな詩人として唐代の王維が有名だが、後年、翟徳年氏もその一人に数えられるのだろうか。

漢詩には、家族や友人の死を弔う詩の他に、死者を祭る際に作る「祭文」というものがあるそうだ。東晋の詩人・陶淵明《とうえんめい》（三六五～四二七）は、役人生活を捨てた自分をただ一人理解してくれた従弟の敬遠《けいえん》に「従弟《いとこ》の敬遠《けいえん》を祭《まつ》る文《ぶん》」という祭文をささげている。

祭従弟敬遠文

東晋・陶淵明

曰仁者寿、窃独信之　　曰《いわ》く仁者《じんしゃ》は寿《いのちながし》と、窃《ひそ》かに独《ひと》り之《これ》を信《しん》ず

如何斯言、徒能見欺
年甫過立、奄与世辞
長帰蒿里、邈無還期

如何《いかん》せん斯《こ》の言《げん》、徒《いたず》らに能《よ》く欺《あざむ》かるるを
年甫《としはじ》めて立《りつ》を過《す》ぎ、奄《えん》として世《よ》と辞《じ》せり
長《なが》く蒿里《こうり》に帰《き》し、邈《ばく》として還《かえ》る期《とき》無《な》し

聖人は、仁ある者は長生きするとおっしゃる。心の中でそのことばを信じてきた。しかし、それに騙されていただけだったことを悟った。敬遠はやっと三十になったばかりというのに、突然この世を去ってしまった。永遠に墓地に居て、遠く隔たり、この世に帰ってくることはないのだ。

この祭文を読むと、親族や友人を失った悲しみの根底にある人間の感情は、千六百年前も今もそれほど変わっていないことがわかる。

7　亡き母を弔う

二〇〇八年六月十四日の朝、岩手県南と宮城県北の内陸部が激しい地震に襲われた。「岩手・宮城内陸地震」である。その日は、母の告別式の日で、わたしは前日に帰郷して通夜に参加していた。家族は東京から新幹線で当日葬儀に駆けつける予定であった。しか

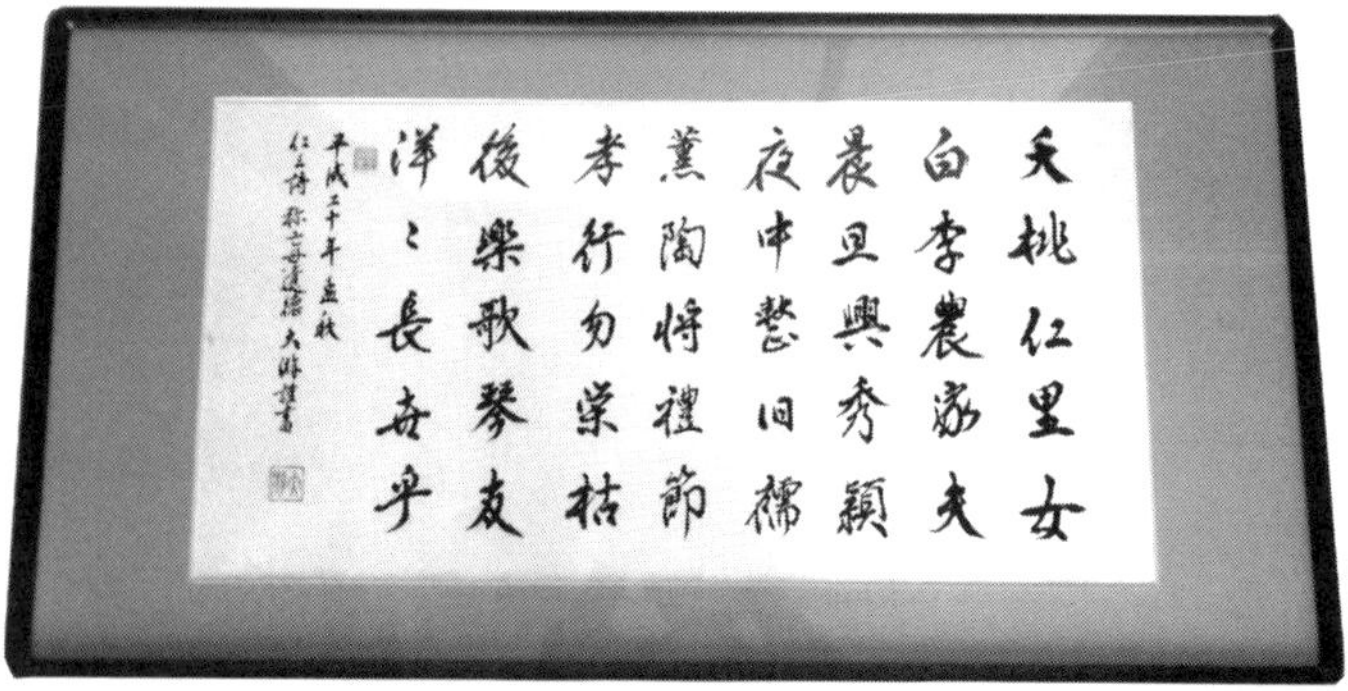

仏間に掲額された詩書（藤野大游書）

し、大地震で東北新幹線がすべてストップし、わたしの家族は参加できなかった。

震源地に近い栗駒山付近では、土砂崩れなど大きな被害がでた。しかし北上川の東側は、揺れは大きかったものの、地震による被害は少なく、わたしの実家も無事であった。

告別式は予定どおり、昼過ぎから寺の本堂で行われた。読経や弔辞の間にも余震が続き、本堂の高い梁が時折きしんだ。母は享年九十歳。晩年病床にあったものの、いわば大往生である。この世に未練はないはずだと思いながらも、余震のゆれがあるたびに、何か供養をしなければならないと考えた。

そのために作ったのが次の五言律詩「亡母《ぼうぼ》の遺徳《いとく》を称《たた》える」である。（二〇〇八年夏作）

称亡母遺徳

夭桃仁里女
白李農家夫
晨旦興秀潁
夜中整旧襦
薫陶将礼節
孝行勿栄枯
後楽歌琴友
洋洋長世乎

夭桃《ようとう》は仁里《じんり》の女《むすめ》
白李《はくり》は農家《のうか》の夫《おとこ》
晨旦《しんたん》　秀潁《しゅうえい》を興《おこ》し
夜中《やちゅう》　旧襦《きゅうじゅ》を整《た》つ
薫陶《くんとう》は礼節《れいせつ》を将《も》ってし
孝行《こうこう》に栄枯《えいこ》勿《な》し
後楽《こうらく》は歌琴《かきん》が友《とも》
洋々《ようよう》たる長世《ちょうせい》かな

夭桃の娘は良家の出、嫁ぎゆきしは農家の夫。夜明けて作物の世話をして、夜なべは遅くまで針仕事。子等を育てるに礼節をもってし、義父母への孝行に手抜きなし。歳を経て友となすは琴と歌、子等皆名を得て家おこす。

この五言律詩の第一句は、中国の「詩経」の「桃夭」を踏まえている。「桃の夭夭《ようよう》たる灼灼《しゃくしゃく》たりその華《はな》　この子ここに帰《とつ》がば其の室家《しっか》によろしからん…」という有名な一節がある。若い花嫁の門出の歌であるが、同時に、子孫や婚家の繁栄を願う歌でもある。古来、中国では結婚式の祝い歌であった。

亡くなった母親に花嫁賛歌を贈るのもどうかと思ったが、母の人生賛歌としてその生涯を四十字に盛り込んでみた。形式は、第七句と第八句を除き、すべてが対句の五言律詩である。桃と李《すもも》は、古来、花木の代表として「桃李《とうり》」と呼ばれ、仲睦まじい夫婦の隠喩でもある。母への供養として、わたしの兄姉弟の名前の一字を詩語に埋め込んだ。

詩経の「桃夭《とうよう》」は次のように詠む。

桃　夭

詩経・周南

桃之夭夭　灼灼其華　之子于帰　宜其室家
桃之夭夭　有蕡其実　之子于帰　宜其家室
桃之夭夭　其葉蓁蓁　之子于帰　宜其家人

桃の木の若々しさよ。燃えるように盛んに咲く花よ。（その花のように若く美しい）この子が嫁いでいく。その嫁ぎ先にふさわしいだろう。

桃の木の若々しさよ。たわわに実る桃の実よ。（その実のように子宝に恵まれるであろう）この子が嫁いでいく。その嫁ぎ先にふさわしいだろう。

桃の木の若々しさよ。盛んに茂る桃の木の葉よ。（その葉のように栄える家庭をもつであろう）この子が嫁いでいく。その嫁ぎ先にふさわしいだろう。

8　人生七十雑感

「古希」は、杜甫の七言律詩「曲江」の「人生《じんせい》七十古来稀《こらいまれ》なり」を典故とし、七十歳を意味する。最後に、わたしの古希の心情を詠んだ五言律詩「古希《こき》に寄《よ》す」を紹介して筆を擱く。

寄古希

青衿希入室
朝夕読書常
夢宏如鵬翼

青衿《せいきん》　室《しつ》に入《い》るを希《ねが》い
朝夕《ちょうせき》　書《しょ》を読《よ》むを常《つね》とす
夢《ゆめ》は宏《ひろ》く　鵬《おおとり》の翼《つばさ》の如《ごと》く

想悠似鳳翔
盛年復不返
終日時無行
悟得難修道
白頭未上堂

想《おも》いは悠《はる》か　鳳《おおとり》の翔《と》ぶに似《に》る
盛年《せいねん》　復《ま》た返《かえ》らず
終日《しゅうじつ》　時《とき》に行無《ぎょうな》し
悟《さと》り得《え》たり　修道《しゅうどう》の難《かた》きを
白頭《はくとう》　未《いま》だ堂《どう》に上《のぼ》らず

詰め襟を着ていた頃は、身を立てようと朝から晩まで勉強したものだ。夢は大きく、鵬の翼のようにふくらみ、想いは鳳の翔ぶに似てはるか先をゆく。しかし、意気盛んな年は二度と戻ってこない。終日やることもなくぼんやり過ごすこともある。ようやくわかったことは身を修めることは難しいということ。白髪頭になってもまだ堂にも昇れないでいる。

三国志の英雄・曹操《そうそう》（一五五～二二〇）は、「青青《せいせい》たる子《きみ》が衿《えり》　悠悠《ゆうゆう》たる我《わ》が心《こころ》　ただ君《きみ》が為《ため》の故《ゆえ》に　沈吟《ちんぎん》して今《いま》に至《いた》る」（短歌行）と詠んで、自分を補佐してくれる有意な若い人があらわれるのをずっとまっていた心情を詩にしている。わたしの詩はそれを踏まえ、第一句を「青衿」（青い詰め襟の若人）で始めた。

論語（先進第十一）に、「昇堂入室」という一句がある。表座敷には入ったものの、まだ奥座敷には進めていないという意味で、目標の地位にはたどり着いていないことをいう故事となっている。

この故事を踏まえ、拙詩では第一句と第八句も対句にしたが、「昇」の字は平字なのでここではその代わりに仄字の「上」にして平仄を合わせた。

磨励自彊（著者刻）

おわりに

著者は中国の歴史書が好きである。子供の頃は三国志や水滸伝などの読本を読み漁り、その後は史記や十八史略などの史書を好んだ。漢詩にも興味をもっていた。漢詩を本格的に勉強するようになったのは、ＮＨＫラジオの漢詩講座「漢詩をよむ」との出会いがあったからである。

ＮＨＫラジオの漢詩講座を聞き始めたのは二〇〇二年からである。講座のタイトルは『漢詩への誘い』（講師は石川忠久先生）であった。以来、二十年にわたりこの講座を欠かさず聴いている。当初、漢詩の自作に対する関心は漠然としたものであったが、講座を聞いているうちに漢詩自作にのめり込んでいった。

最初は、ラジオ講座のテキストに取り上げられている漢詩の名句を選び、それを取り込んだ自作詩を作ることを考えた。しかし、字句を漢和辞典で調べて、平仄や脚韻の確認に時間がとられ、仕上げるまでに大変な時間がかかった。七言絶句一首を作るのに三か月かかったことを覚えている。途中で断念しそうになったことも再々であった。

詩中の漢字を漢和辞典で調べることが習慣化されると、次第に韻字や平仄の確認が減り、それにつれて詩作の意欲が増大してきた。時には散歩をしながら草稿を推敲し、うまい表現を思いつくとノートにメモして帰宅後に漢和辞典で漢語の意味や平仄を確認した。

漢詩作を始めてから数年後にある団体から、広報誌の読者コーナーに自作漢詩を掲載しないかとお誘いをいただいた。この広報誌は年四回発行であり、私の詩作ペースにも合うのでお受けすることにした。以来、欠かさず投稿を続け、今日に至っている。これまで掲載した自作詩の中から七十首を選び一冊の漢詩エッセイ集にしたのが本書である。「七十首」にしたのは著者の古希を意識したものである。

本書の発刊にあたり、多くの方々のご協力をいただいた。まず、掲載写真の提供をいただいた個人・団体に御礼を申し上げます。綺麗なカラー写真をご提供いただいたのですが、諸般の事情から本書では白黒写真での掲載となりましたことをお詫び申し上げます。また、素人による漢詩文集の発行という無謀とも思える企画にご理解とご支援いただいた八朔社の片倉和夫さん、そして立派な本に仕上げていただいた編集担当の島村栄一さんにも大変お世話になりました。この場を借りて厚く御礼を申し上げます。

二〇二一年季秋

半日閑居士

【参考文献】（本書記載分を除く）

吉川幸次郎・小川環樹編集・校閲『中国詩人選集』一〜十六巻（岩波書店）
吉川幸次郎・小川環樹編集・校閲『中国詩人選集二集』一〜十五巻（岩波書店）
前野直彬注解『唐詩選（上・中・下）』ワイド版岩波文庫（一九九一年）
今關天彭・辛島驍編『漢詩大系十六巻 宋詩選』集英社（一九七九年）
簡野道明講述『和漢名詩類選評釈』明治書院版（一九八八年修正百版）
一海知義『漢詩一日一首（春・夏・秋・冬）』平凡社ライブラリー（二〇〇七年）
林田愼之助『幕末維新の漢詩』筑摩選書（二〇一四年）
揖斐高編訳『江戸漢詩選（上・下）』岩波文庫（二〇二一年）

第六章　悲歌慷慨

第七章　一期一会

第四章　歳事有感

第五章　異国旅情

漢詩索引

〔著者紹介〕

藤野 仁三（ふじの じんぞう）

1949年岩手県生まれ。福島大学経済学部卒業・早稲田大学大学院法学研究科修了。米法律事務所勤務を経て東京理科大学専門職大学院教授（2005～2015）。専門は知的財産権法。
著訳書として『特許と技術標準――交錯事例と法的関係』八朔社，『よくわかる知的財産権問題』（日本工業新聞社），『アメリカ知的財産権法』（ミラー／デービス著／藤野訳，八朔社），『標準化ビジネス』（共編著，白桃書房），『知的財産と標準化戦略』（八朔社），『標準必須特許ハンドブック（初版・第2版）』（編著，発明推進協会），『ロバーツ・コートの特許のかたち――アメリカ最高裁の重要判例』（八朔社）など。平成30年知財功労賞（特許庁長官賞）受賞。

漢詩紀行《かんしきこう》
――おりふしの風景《ふうけい》

2023年 2月10日　第1刷発行

著 者　藤 野 仁 三
発行者　片 倉 和 夫

発行所　株式会社　八《はっ》 朔《さく》 社《しゃ》
101-0062 東京都千代田区神田駿河台1-7-7
Tel 03-5244-5289 Fax 03-5244-5298
http://hassaku-sha.la.coocan.jp/
E-mail：hassaku-sha@nifty.com

組版・鈴木まり／印刷・藤原印刷／製本・誠製本
ISBN 978-4-86014-110-3